Stephan Tobolt

Die besetzte Burg

Stephan Tobolt

Die besetzte Burg

Mit Illustrationen von Marie-Luise Quandt

© **SCHEUNEN-VERLAG Kückenshagen 2002**

Texterfassung: Martina Hamann
Layout, Typographie und Scans: Andreas Ciesielski
Zeichnungen: Marie-Luise Quandr
Druck und Bindung: Euroregion Pomerania

ISBN: 3-934301-52-5

*Dieses dritte Buch mit dem Rotterich
widme ich Uta, meiner Frau,
die mir immer wieder Mut machte.
Und ich danke meinen Eltern
für die Zeiten in Ahrenshoop!*

Stephan Tobolt

INHALT	Seite
Tim hat einen seltsamen Traum	9
Tim entdeckt die Totenkopffahne	31
Tim erfährt von der Existenz des Rotterichs	55
Tim und seine Freunde treffen sich am Hafen	93
Tim macht eine aufregende Entdeckung	113
Tim trainiert verbissen	137
Tim appelliert an den Teamgeist	161
Tim und seine Freude wehren sich verzweifelt	189
Tim taucht nach dem Schatz und ist unvorsichtig	207
Tim braucht Hilfe	227

Tim
hat einen seltsamen Traum

Sein Gegenüber ließ die glänzenden Muskeln spielen. Die Oberarme glichen einer Berglandschaft, und die beeindruckenden Brustmuskeln hüpften federleicht bei jedem Wort, das er sprach, auf und nieder. "Komm, komm."
So etwas hatte Tim sein Leben noch nicht gesehen.
Da konnte nicht mal Arnold Schwarzenegger mithalten. Das war klar. Tim musste schlucken. Eigentlich kannte er keine Angst. Doch das hier war etwas anderes.
Das würden auch seine Freunde verstehen.
Langsam, wie an einer unsichtbaren Leine gezogen, schoben sich Tims Füße gegen seinen Willen Zentimeter um Zentimeter im weißen Sand in die Richtung seines Gegenübers. Dieser hielt den rechten Arm ausgestreckt und lockte ihn mit seinem Zeigefinger.
"Komm, komm schon."
Das Grinsen in dem breiten Gesicht kam immer näher. Dann spürte Tim den heißen Atem direkt über sich. Er traute sich jetzt gar nicht aufzusehen. Mindestens einen Kopf, ach was, zwei Köpfe war der andere größer. Und diese Muskeln!

Was konnte er da schon ausrichten?

Plötzlich verlor er den Boden unter den Füßen. Die Erdanziehungskraft schien für seinen Körper keine Gültigkeit mehr zu haben. Tim strampelte und fuchtelte mit den Armen wild vor dem Körper. Es half alles nichts. Beim Blick nach unten schoß ein schmerzhaftes Übelkeitsgefühl in seine Magengegend. Tim fühlte sich angeschlagen, wie von einem harten Boxhieb getroffen.

In seinem Kopf drehte sich alles. Es war ihm unmöglich, einen klaren Gedanken zu fassen. Der Atem des Muskelprotzes, der Tim scheinbar ohne die geringste Anstrengung mit einer Hand hochhielt, prallte ihm jetzt in beständiger Folge wie heiße Gischt bei Sturm ins Gesicht.

Tim kniff die Augen fest zu.

"Willst du mal an meiner Faust schnuppern? Die riecht nach Friedhof, ha, ha!"

Die einzelnen Worte, die der Muskelmensch glucksend von sich gab, plumpsten wie Felsbrocken auf den Jungen.

Tim spürte die Worte mit seinem Körper. Jedes Wort verursachte neue Schmerzen. Er wand sich und stöhnte unter dem festen Griff.

Was sollte das alles? Wer hielt ihn da hoch?

Wie ein nicht enden wollendes Echo tönte dieses "Ha, ha" in seinem Kopf. Erst furchteinflößend, dann spöttisch.

‚Ich werde noch verrückt', dachte Tim. ‚Wer ist dieser Kerl? Was will er?'

Tim wischte sich mit dem feuchten Ärmel hilflos über das Gesicht.

"Friedhof, Friedhof", hallte es wieder in Tims Ohren.

"Du musst die Augen öffnen", vernahm Tim eine weitere Stimme.

"Friedhof, Friedhof", brüllte es wieder.

"Die Augen öffnen, die Augen öffnen", sagte die Fistelstimme.

‚Was soll das Ganze? Was wollt ihr von mir?' Tim war den Tränen nahe.

In diesem Moment nahm er all seinen Mut zusammen und versuchte, die Augen zu öffnen. Nur mühsam ließen sich jedoch die Augenlider heben. Tim musste seine ganze Kraft und seinen ganzen Willen einsetzen, um durch die Winzigkeit eines millimeterkleinen Lidspaltes einen Blick in das Gesicht des Muskelprotzes zu werfen. Aber das Gesicht war nur in groben Umrissen und sehr undeutlich zu erkennen. Immer wieder kniff Tim, sich schützend vor der schaumigen Gischt, die sich stoßweise über ihn ergoß, die Augen fest zu. Doch auch dadurch konnte er nicht verhindern, dass ihm beständig das salzige Wasser in die Augen drang.

"Friedhof, Friedhof", polterte es erneut.

War das sein Ende? Tim schniefte und rieb sich die Augen.

‚So ein Quatsch! Stell dich bloß nicht so an!' machte Tim sich Mut.

"Das Überraschungsmoment. Wo bleibt das Überraschungsmoment?" forderte die Fistelstimme.

Tim ballte die Fäuste. Er überlegte angestrengt: ‚Das ist es. Ich muss dieses Ungeheuer überraschen. Vielleicht läßt es mich los und ich kann das Weite suchen. Bestimmt bin ich schneller. Es kann sich doch kaum bewegen mit diesen Muskelbergen...'

Er hatte es aufgegeben, wie wild um sich zu schlagen und mit den Beinen zu strampeln. Er vergeudete so nur Kraft, und seine bisherigen Anstrengungen hatten nicht die Spur einer Wirkung bei dem Muskelmenschen hinterlassen. Zwischen Angst, Verzweiflung und Wut versuchte er einen klaren Kopf zu bekommen.

"Friedhof, Friedhof", dröhnte und schepperte die Stimme in seinen Ohren und Tim hatte Mühe, seine Gedanken an der Leine zu halten.

"Willst du mal riechen, willst du mal riechen?" Tim hielt sich mit den Händen die Ohren zu.

‚Das ist ja nicht zum Aushalten!' Tim stützte sich fest mit beiden Beinen gegen den Waschbrettbauch des Muskelprotzes. Er hielt kurz die Luft an, öffnete dann scheinbar mühelos die Augen, und es machte ihm in diesem Moment überhaupt nichts aus, dass ihm der feuchte Atem zwischen seine Augenlider drang.

Tim holte mit jeder Faser seines Körpers Luft, bis hinunter in die Zehen schien sich das Gas zu verteilen. Dann begann sein Körper leicht zu zittern, und Tim setzte zu einem lauten, Mark und Knochen erschütternden Schrei an.

"Uhhhhhhh...!" drang es wie ein lang hingezogener Kanonendonner aus seinem Mund.

Der Muskelmensch war so erstaunt, dass er das Atmen vergaß und sich an der eigenen Spucke verschluckte.

Tim beobachtete, wie die blauen Adern auf der dunkelbraunen und feuchten Stirn des Muskelmenschen an Zeichnung gewannen, die Nasenflügel sich wie zwei Zelte im Sturm aufstellten und die Lippen fest und blutleer aufeinander gepreßt wurden. Die Augen des Muskelmenschen quollen aus ihren wässrigen Höhlen und die Wangen vibrierten wie Götterspeise.

Dann war es soweit. Mit Urgewalt suchte sich ein röchelndes Geräusch den Weg aus dem Innersten des Muskelmenschen zwischen den eben noch fest geschlossenen Lippen nach draußen.

Dem Röcheln folgte ein verzweifelter Versuch zu atmen. Der Muskelkörper wurde dabei hin- und hergeworfen, das Gesicht fiel binnen Sekundenbruchteilen in sich zusammen. Der Muskelmensch stürzte auf die Knie. Noch immer umklammerte er Tims Leib, doch der spürte endlich wieder festen Boden unter seinen Füßen. Der andere rang nach Luft. Seine freie Hand grub sich verzweifelt in den Sand. Die Brustmuskeln waren zum Zerreißen gespannt und der Griff um Tims Körper wurde spürbar lockerer.

‚Gleich kann er nicht mehr' frohlockte Tim, während er den Kampf des Muskelmenschen gegen die Atemnot beobachtete. Und wirklich! Plötzlich löste sich der Griff und Tim sah, wie auch die andere Hand in den Sand faßte.

In diesem Moment formte sich der Körper des Muskelmenschen zu einem knallroten Ball. Tim rieb die Augen. Keine Muskeln waren mehr zu sehen, kein Kampf ums Überleben wie noch vor wenigen Sekunden. Der Ball wurde immer größer, und plötzlich bekam er ein Gesicht.

‚Das ist doch nicht möglich! Nein!' Tim mochte nicht glauben, was er dort sah. Das Gesicht auf dem knallroten Ball grinste ihn höhnisch an. Tim ließ sich in den Sand plumpsen und beobachtete, wie der Ball die Größe eines Zirkuszeltes annahm.

‚Irgend etwas ist mit mir heute nicht in Ordnung!' Tim guckte entsetzt und gleichzeitig fasziniert auf das Ballgesicht. Kannte er diese Visage? Er war sich nicht sicher. Tim lachte gekünstelt und hüstelte verlegen.

Das Gesicht verzog bis auf das Grinsen keine Miene.

‚Was soll das?' Tim zuckte hilflos die Schultern.

Der Ball wurde noch größer. Aber er verlor jetzt seine rote Farbe. Er wurde immer größer und blasser – bis er platzte.

Zu Tims Erstaunen gab es keinen lauten Knall. Nein, nur langsam entwich die Luft der zerrissenen Blase und Tim spürte einen angenehmen Lufthauch über dem schweißigen Körper. Tim blinzelte und bemerkte, dass das Fenster offen stand. Seine Bettdecke lag am Boden und der Fensterflügel schlug in regelmäßiger Folge gegen den riesigen Hühnergott auf dem Fensterbrett.

Tim setzte sich in seinem Bett auf. Er rieb die Augen und ordnete seine Gedanken.

‚Was für ein Traum!' Die Narbe über seiner linken Augenbraue juckte.

‚Ich werde mir alles merken', schwor sich Tim und schaute aus dem Fenster. ‚Und es morgen dem Großvater erzählen. Der weiß sicher etwas damit anzufangen.'

In der Nacht war Wind aufgekommen. Wie ein großer Dirigent brachte er die Welt zum Klingen. Tim lauschte dem dünnen Pfeifen, das die Fischernetze und Saiten der Angelruten hinter dem alten Haus verursachten.

Die Schaukel wippte hin und her und quietschte, während ein Rauschen von den Wipfeln der Bäume wie ein praller Sack über das Land rollte. Überdeckt wurden diese Töne des weltweit größten Orchesters jedoch vom beständigen Plätschern des Wassers.

Tims Großvater wohnte direkt zwischen Ostsee und Bodden, an der schmalsten Seite, in Behrenshoop.

In der Zeit, in der Tim dem Wind lauschte, verschwamm die Erinnerung an die nächtlichen Ereignisse in seiner Gedankenwelt. Wie mit einem riesigen Radiergummi wurde der Traum gelöscht und Tim, der sich ja alles merken wollte, konnte nichts dagegen unternehmen.

Kurzzeitig wehrte er sich gegen den Verlust seines Traumes, dann gab er jedoch seine Bemühungen auf.

‚War vielleicht gar nicht so wichtig', murmelte Tim und ließ sich wieder auf das weiche Bett fallen.

Noch einmal drehte er sich um und knautschte das Kopfkissen unter den kurzgeschnittenen Haarschopf.

Wenig später verriet das gleichmäßige Atemgeräusch, dass Tim wieder eingeschlafen war. Noch immer spielte die Musik des Windes, und der offene Fensterflügel schlug weiter gegen den Hühnergott.

Am nächsten Morgen musste die Großmutter zweimal den Weg über die Holztreppe hinauf zur Kammer unter dem Dach bewältigen, ehe Tim ihr mit verschlafenem Gesicht in die Küche folgte.

Die Küche war der größte Raum des alten Hauses. Zur linken Hand standen die vom Großvater eigenhändig gezimmerten Schränke für die Töpfe, das Geschirr und die Lebensmittel. Großmutter hatte vor vielen Jahren mit sehr viel Liebe die Schränke himmelblau bemalt.

Gleich neben der Eingangstür rechts befanden sich Waschbecken, Spüle, und hinter dem alten Herd funkelte der ganze Stolz seiner Großmutter, ein nagelneuer Elektroherd.

Über der Kochstelle hingen an der Wand Pfannen, Kellen und Töpfe. Vor den beiden Fenstern zur Stirnseite, von wo aus man freie Sicht auf das Boddenwasser hatte, war der mehr als zwei Meter lange und mindestens einen Meter breite Küchentisch zum Frühstück gedeckt. Tim kannte keine bessere Köchin als die Großmutter.

Schon zum Frühstück gab es Rührei, Bratkartoffeln, aber auch Vanillepudding mit Brombeeren entdeckte Tim auf dem Tisch.

Großvater saß auf der Holzbank und las in der Heimatzeitung. Die Lesebrille war ihm nach vorn auf die Knollennase gerutscht und die kalte Pfeife wackelte zwischen seinen schmalen Lippen. Vor ihm stand ein Pott mit dampfendem Kaffee.

"Morgen", brummte er und schaute kurz über den Brillenrand auf Tim.

"Von mir aus", erwiderte Tim und setzte sich dem Großvater gegenüber.

"Na, mien Jung, was willst du denn?" Großmutter, mit 73 Jahren drei Jahre älter als Großvater, goß Tims Tasse randvoll mit Schokolade.

Noch ehe Tim antworten konnte, schob sie ihm eine Kelle Bratkartoffeln und eine gehörige Portion Ei mit Zwiebeln auf den Teller.

"Nun hau mal rein!"

"Von mir aus", brubbelte Tim erneut und griff nach der Ketchupflasche.

"Du hast wohl heute nicht ausgeschlafen?" Der Großvater blätterte in seiner Zeitung und faltete die Blätter umständlich zwischen seinen knochigen Fingern. Nach einem

Schlaganfall vor zehn Jahren fehlte ihm die Geschicklichkeit der linken Hand. Auch die Kraft im linken Arm und im linken Bein war nicht mehr so wie früher.

"Meinst du mich?" fragte Tim und schob sich etwas Ketchupei in den Mund. Genüßlich kaute er und starrte dabei aus dem Fenster.

Großvater zog an der kalten Pfeife und die buschigen Augenbrauen drängten sich über dem Ansatz seiner großen Knollennase zusammen.

"Ne, ich meine den Hannes von nebenan. Grüß ihn von mir, wenn du ihn heute siehst."

Großvater runzelte die faltige Stirn und schüttelte den Kopf. Unsichtbar für die Augen des Großvaters bekam Tim von der Großmutter einen Stoß in den Rücken. Erstaunt blickte Tim sich um. Doch die Großmutter hantierte schon wieder leicht vornüber gebeugt am Herd. Sie sprach sowieso nicht viel. Aber Tim hatte ihren Hinweis verstanden.

"Ich hätte schon noch etwas länger schlafen können. Doch was soll's: Der Tag ruft und ich bin bereit!"

Tim streckte sich und sprach mit vollem Mund.

"Ich weiß nur, dass der Berg ruft. Hab' ihn zwar noch nie gehört. Aber der Tag...?"

"Warst du denn schon mal im Gebirge, Großvater?" fragte Tim überrascht und schlürfte von seiner Schokolade.

"Natürlich nicht. Die Berge sind nichts für uns Fischköpfe. Die würden unsereins erdrücken. Schon die Vorstellung verursacht mir Magendrücken."

Der Großvater legte die Zeitung zur Seite und kaute auf seinem Pfeifenstiel. Er neigte den Kopf leicht nach hinten, so dass sein bis zum Nacken reichendes weißes Haar die Schultern berührte, und starrte gedankenversunken an die Decke.

"Aber einmal wäre es beinahe dazu gekommen."

Großvater holte tief Luft und seufzte hörbar.

Tim schob seinen Frühstücksteller zur Seite und stützte die Ellenbogen auf. Wenn Großmutter die beste Köchin weit und breit war, so war Großvater der beste Geschichtenerzähler des Landes.

Tim rutschte gespannt auf seinem Stuhl hin und her. Von

Müdigkeit keine Spur. Als Tim so auf den Beginn der neuesten Geschichte vom Großvater wartete, fiel sein Blick auf die Wanduhr.

Dann betrachtete er das Eulengesicht aus Stein gleich neben der Vase mit bunten Kunstblumen auf dem Regal über dem Küchenfenster. Plötzlich erstarrte sein Blick. Tatsächlich, er hatte sich nicht geirrt. Zehn Minuten bis elf. Wie vom Blitz getroffen sprang Tim auf: "Ich habe verschlafen! Ich habe verschlafen! Das ist zum Mäuse melken!"

Tim ärgerte sich und zappelte in der Küche wie ein Fisch an der Leine.

"Ich denke, du hast Ferien! Wie kann man da verschlafen?" Großvater kniff ärgerlich die Lippen zusammen. "Und überhaupt: Willst du nicht die Geschichte hören?"

Auch Großmutter zuckte ratlos die Schultern.

"Ich muss zu meinen Freunden. Ich muss fort. Um zehn waren wir am Strand verabredet."

Tim lächelte verlegen und fügte hinzu: "Heute Abend, Großvater, heute Abend musst du mir die ganze Geschichte er-

zählen. Ich bin wirklich gespannt. Aber jetzt muss ich los."
Der Großvater räusperte sich vielsagend und winkte ab. "Wenn du nicht willst", brummte er dem hastig davoneilenden Enkel nach.

Schon im Korridor angelangt, drehte sich Tim nochmals um und rief in die Richtung des Großvaters: "Und du musst mir heute Abend auch etwas über das Träumen erzählen."

Tim suchte eilig seine Strandsachen zusammen, schnappte sich den Volleyball und stürzte aus dem Haus – direkt in die Arme eines etwas pummlig wirkenden Mädchens mit einer viel zu großen Sonnenbrille auf der Nase.

"Was willst du denn hier?" raunzte Tim das erschrockene Mädchen an. "Ich weiß, dass ich spät dran bin. Aber da braucht man dich doch nicht gleich zu schicken."

Pfännchen, wie das rundliche Mädchen in Tims Alter gerufen wurde, runzelte die Stirn. Als Tim das sah, lenkte er ein: "War nicht so gemeint!"

"Möchte ich auch hoffen. Es ist etwas Schreckliches passiert. Unten am Strand. Die anderen haben mich geschickt, damit du gleich kommst", klärte das Mädchen den Freund auf.

Tim ließ die Strandsachen fallen, packte Pfännchen an den Schultern und schüttelte sie.

"Nun sag' schon, was ist geschehen?"

Pfännchen kaute zögernd auf ihrer Lippe. Es dauerte einen Moment, bis sie Tim ausführlich von den Ereignissen am Strand berichtet hatte.

Während das Mädchen erzählte, wurde Tim ganz weiß um die Nase und kniff wütend die Augen zusammen.

"Komm!" befahl er Pfännchen und drückte ihr den Ball in die Hände. Entschlossenen Schrittes machte Tim sich auf den Weg zum Strand.

Tim
entdeckt die Totenkopffahne

Tim schlug ein so hohes Tempo an, dass Pfännchen schon nach wenigen Schritten nicht mehr folgen konnte. Japsend blieb das blonde Mädchen mit den auffällig weit auseinanderstehenden Schneidezähnen stehen. Das Gesicht war puterrot und einzelne Schweißtropfen liefen ihr über die Wangen.
"Warte mal, he, halt an." Pfännchen keuchte und hockte sich auf den Ball.
"Ich bin schon die ganze Strecke zu dir gelaufen", stöhnte sie. Doch von Tim konnte sie in diesem Augenblick keine Rücksicht erwarten.
"Reiß dich zusammen!" Er hatte sich nur kurz zu dem Mädchen umgedreht und setzte dann, ohne zu warten, seinen Weg fort. Nach etwa zehn Metern blickte er nochmals zurück und sah Pfännchen immer noch erschöpft auf dem Ball sitzen.
"Ich lauf schon vor!" schniefte er und fiel in einen leichten Trab.
Rund achthundert Meter betrug die Entfernung vom Haus der Großeltern bis zum Strand an der Steilküste von Behrenshoop.

Tims Freund Ruhne war die Strecke im vergangenem Jahr einmal mit dem Fahrrad abgefahren und hatten sie dadurch gemessen. Wenn Tim sich anstrengte und andererseits das Tempo gut einteilte, dann könnte er in gut drei Minuten am Strand sein.

Der Junge lief den unebenen, teilweise gepflasterten Weg hoch zur Hauptstraße, die weiter durch den Ort führte. Entlang der Hauptstraße ging es zweihundert Meter in Richtung Ortseingang, dann scharf nach links und auf dem Sandweg hoch zur Steilküste.

‚Vielleicht musste es so kommen.' In Tims Kopf jagten sich die Gedanken. ‚Die werden sehen, was sie davon haben.' Er nickte, während er weiterlief. ‚Aber wenn sie den Kampf wollen – bitte, an uns soll es nicht liegen!' Dann hatte Tim die Kreuzung zum Uferweg erreicht und musste inmitten einer Traube Urlauber warten, bis er die Straße überqueren konnte.

‚Wir werden kämpfen. Wenn sie es so wollen. Die werden uns kennenlernen!' Tim hielt die zur Faust geballte rechte Hand vor dem Körper und kniff wütend die Augen zusammen.

"Bis zum letzten Blutstropfen!" knurrte er vor sich hin. Ein älterer Herr mit einem breitkrempigen Sonnenhut und einem Päckchen Zeitschriften unter dem Arm lächelte dem aufgebrachten Jungen entgegen und grinste. "Übertreibst du da nicht ein wenig?"
Tim trippelte von einem Bein auf das andere. Etwas verlegen erwiderte er den Blick des Mannes. "Bestimmt nicht. Das meine ich so, wie ich es gesagt habe", verkündete Tim mit fester Stimme gerade in dem Augenblick, als die Straße frei wurde.
"Wir sind im Recht!" brüllte Tim zurück und hatte sich schon einige Meter von der Menschengruppe, die gleichfalls zum Strand wollte, abgesetzt.
Die plötzlichen Stiche in der linken Körperseite zwangen Tim, das angeschlagene Tempo zu drosseln.
‚Nicht mit uns. Das werden wir ja sehen!' Er musste die letzten Meter bis zur Steilküste im Schritt zurücklegen. Japsend und völlig verausgabt stand er endlich oben auf dem Steilufer. Von hier aus hatte er einen freien Blick auf den Strand.

Genau unter ihm drängelten sich die Menschen Haut an Haut um die besten Plätze im heißen Ostseesand. Nach rechts wurde der Abstand zwischen den Sonnenzelten, Burgen und Schirmen etwas größer.

Tims Blick richtete sich jedoch in diesem Augenblick stur nach Westen. Der Strand war an dieser Stelle steinig und unbewacht. Im Meer fehlten die Wellenbrecher und die tönernen Ausläufer der Steilküste reichten teilweise bis auf den Strand. Dieser Abschnitt wurde von den Urlaubern so gut wie gar nicht aufgesucht. Das war der Grund für Tim und seine Freunde, sich in diesem Sommer dort niederzulassen. Als Tim nun angespannt bis in die letzte Faser seines Körpers mit Adlerblick den Westabschnitt des Strandes Meter für Meter absuchte, mit der rechten Hand die Augen vor dem gleißenden Sonnenlicht schützend, entdeckte er das Unfaßbare. Außer sich vor Wut begann Tim am ganzen Körper zu zittern. ‚Das ist nicht wahr! Sag, dass das nicht wahr ist!' Aber es stand kein Mensch in der Nähe, der ihm eine Antwort hätte geben können.

‚Ich habe es geahnt. Aber ihr sollt mich kennen lernen. Nicht mit mir!' Tim knurrte wie ein aufgescheuchter Straßenköter. "Nicht mit mir!" sagte er nun laut zu sich und streckte die Faust in die Richtung, in der etwa zweihundert Meter entfernt unten am Strand eine schwarze Flagge mit weißem Totenschädel im lauen Sommerwind flatterte.
Der Ast, an der diese Flagge befestigt war, steckte in einer riesigen Sandburg. Es war die Sandburg von Tim und seinen Freunden.

Wie hypnotisiert fixierte Tim die Fahne. Es dauerte einen Moment, bis er seine Gedanken ordnen konnte. Zuerst musste er zu den Freunden. Irgendwo da unten würden sie sicherlich schon auf ihn warten. Und eines war glasklar: Die Burg mussten sie zurückerobern.
Tim lief hastig die morsche Treppe zum Strand hinunter, vorbei an zeternden Kindern, besorgten Müttern und genervten Vätern. Am Strand wählte er den Weg direkt am Wasser. Dort war der Sand feucht und fest und Tim kam auf diese Weise

schneller vorwärts. Er hatte gerade den bewachten Strandabschnitt verlassen, immer die Sandburg mit der flatternden Totenkopffahne vor Augen. Nur noch einige Urlauber, meist jüngere Frauen und Männer, sonnten sich hier auf dem immer steiniger werdenden Grund.
"Tim, hier! Tim..." Er stoppte abrupt seinen Lauf und blickte zum Steilufer. Im Schatten des Ufers, unterhalb einer in etwa fünf Meter Höhe gefährlich überhängenden Grasnarbe entdeckte er seine Freunde.
Tim hob seine linke Hand zum Zeichen, dass er sie bemerkt hatte. Dann hockte er sich hin und zog die nassen und durch den feinen Sand unangenehm scheuernden Turnschuhe aus, dabei bemüht zu erkennen, was sich in der besetzten Burg abspielte. Doch dort hinten tat sich nichts. Keine Menschenseele konnte Tim in der Burg erkennen. Alles war ruhig. Völlig unauffällig.
Tim hüpfte auf den heißen Steinen zu seinen Freunden. Ohne Gruß ließ er sich neben Ruhne, dem Jüngsten, auf die vom Regen auf den Strand gespülte Tonzunge nieder. Der

kleine Sven hockte ihm gegenüber und guckte wie abwesend auf seine Füße. Neben Sven lümmelte Paula, wegen ihrer Haarpracht nur Locke genannt, und ritzte mit einem Stöckchen Muster in den Ton.

Ruhne schüttelte den Kopf und gähnte. "Sie waren schon da, als wir ankamen." Locke bestätigte die Worte mit einem unsicheren Lächeln. Tim schaute zu Sven, der so tat, als gehe ihn das Ganze nichts an.

"Hast du nichts zu sagen?" zischte Tim in die Richtung von Sven.

Der räusperte sich vielsagend, um letztlich nur hilflos die Schultern zu zucken.

"Und ihr laßt euch das so einfach gefallen? Ihr überlaßt denen dort unsere Burg! Ohne Widerstand!"

Tim holte tief Luft. Diesen Moment nutzte Ruhne.

"Was hättest du gemacht? Die sind zu viert, alle bestimmt ein oder zwei Jahre älter. Und wie die aussehen! Völlig durchtrainiert." Ruhne machte ein höchst bedeutsames Gesicht.

"Wie Spitzensportler. Wahrscheinlich Karate, Judo, oder ..."

Sven stockte und suchte nach einer weiteren, dem gefährlichen Aussehen der Burgbesetzer gerecht werdenden Sportart. Doch ihm fiel keine ein. "Sven hat recht, die haben ganz schöne Muskeln, wahrscheinlich sogar gedopt. Gegen die können wir nichts ausrichten." Locke schürzte die Lippen.
Tim kniff ärgerlich den Mund zusammen. "Gedopt – du schon wieder. Ich möchte mal wissen, was in deinem Kopf manchmal so vorgeht." Locke brachte nur ein schiefes Lächeln zustande.
"Hier!" Tim entledigte sich seines gelben T-Shirts und zeigte mit leicht angewinkelten Armen die für sein Alter prächtig entwickelten Bizeps. "Schau her: Doping, was?"
"Dich meine ich ja auch nicht", flötete Locke mit gespitzten Lippen. Ruhne und Sven mussten grinsen.
In diesem Moment hatte auch Pfännchen den Treffpunkt erreicht. Außer Puste und schweißgebadet warf sie Tim dessen Badetasche mit Taucherbrille und Schnorchel vor die Füße. "Hier. Du hast sie vor dem Haus vergessen!" Dann plumpste sie auf den steinigen Boden, im Rücken den Volleyball.

Tim nickte überrascht.

Tim und die Freunde Ruhne, Sven, Locke und Pfännchen kannten sich schon seit vielen Jahren. Als sie sich kennenlernten, gingen sie noch nicht einmal zur Schule. Immer im Sommer, manchmal auch im Herbst, trafen sie sich in Behrenshoop und verbrachten die Ferien gemeinsam. Bis auf Ruhne, der erst elf Jahre alt war, hatten alle die sechste Klasse beendet.

Tim kam, wie Ruhne und Locke, aus Berlin. Ruhnes Eltern hatten an der Steilküste ein kleines Sommerhäuschen und Locke wohnte bei ihrer Tante. Sven und Pfännchen stammten direkt aus Behrenshoop.

Der kleine Ort Behrenshoop wurde durch das Wirken vieler Künstlergenerationen geprägt und bestach lange Zeit durch Ursprünglichkeit und Beschaulichkeit. Doch seit einigen Jahren war es damit vorbei. Eine Vielzahl werbender Plakate zeigte die Anschriften gewinnsüchtiger Makler, die anscheinend jeden Quadratmeter Boden verhökern konnten. Am Ortsrand schossen die Neubauten wie Pilze aus dem Boden.

Im Ort selbst wurden Boutiquen, Maklerbüros, Parfümerien, Gaststätten und Einkaufszentren eröffnet.

Innerhalb von drei Jahren war Behrenshoop nicht mehr wiederzuerkennen. Tims Großvater ärgerte sich sehr über diese Entwicklung. Er schimpfte viel auf die neue Zeit und die Menschen, die jetzt nach Behrenshoop strömten. Tim sah die Entwicklung des Ortes allerdings überwiegend positiv. Es war viel mehr los als früher. Allerdings gab es auch mehr Zoff. So wie heute.

"Wie sollen wir uns verhalten, Tim?" Wieder zu Atem gekommen, zupfte Pfännchen an ihrem blauen Badeanzug, der hauteng die pummlige Figur betonte. "Ich meine nur, wir sollten uns das nicht gefallen lassen", schniefte sie und fischte sich ein dunkles Bonbon aus der Badetasche.

"Wenigstens auf dich kann ich mich verlassen", stellte Tim sachlich fest.

"Nun mach mal halblang, was soll das heißen?" Ruhne protestierte jedoch nur halbherzig.

"Laßt uns überlegen, wie wir gemeinsam vorgehen können",

unterstützte Sven den Freund. "Wir konnten wirklich nichts machen. Ich hätte dich mal sehen mögen", brummte Sven und schielte zu Tim rüber.

"Als wir vor dem Eingang standen und Sven denen mitteilte, dass das unsere Burg ist, da hättest du dabei sein sollen!" Ruhne schien sich jetzt den Frust von der Seele reden zu wollen. "Zu viert bauten die sich vor uns auf und grinsten nur." Seine Stimme zitterte ein wenig, als er fortfuhr: "Als ich mich an ihnen vorbei in die Burg drängeln wollte, bekam ich einen Stoß und landete mit dem Gesicht im Sand."

Tim zuckte bei den letzten Worten Ruhnes unwillkürlich zusammen. 'Das ging zu weit!'

Ruhne senkte verlegen den Blick und Sven ballte für alle sichtbar die Fäuste.

"Genauso war es."

"Und dann seid ihr abgezogen!"

Ruhne und Sven nickten schuldbewußt.

"Schöne Flaschen seid ihr. Laßt euch von den Neuen die Burg wegnehmen."

Tim schien außer sich vor Wut.

"Habt ihr denn keine Ehre im Leib?" Tim knurrte die beiden Freunde an. Locke zuckte anscheinend ratlos die Schultern. "Weißt du, Tim, ich kam gerade dazu, als die beiden abzogen. Wirklich, ich habe es auch nicht verstanden."

Ruhne und Sven blickten erstaunt zu Locke.

In diesem Moment sprang Pfännchen auf, spuckte ihr Bonbon aus und stieß einen schrillen Pfiff aus.

"Ich glaube, ihr habt sie nicht mehr alle. Was soll denn das? Anstatt zu beschließen, wie wir gemeinsam vorgehen können, macht ihr euch Vorwürfe und streitet. Das wollen die doch nur!" sprudelte es aus ihr heraus. Mit dem linken Arm zeigte Pfännchen in die Richtung der besetzten Burg.

"Bestimmt beobachten die uns und lachen sich ins Fäustchen."

Pfännchens Gesicht hatte wieder diese gefährlich anzusehende rote Farbe angenommen, ein Zeichen ihrer Aufregung. Doch so unvermittelt wie Pfännchen aufgesprungen war, so plötzlich hockte sie sich wieder hin. Scheinbar gelas-

sen suchte sie nach dem nächsten Bonbon in der Tasche.
Tim sah Pfännchen mißtrauisch an. So ganz wußte er nicht, woran er war. Locke guckte Löcher in die Luft, während Sven sprachlos auf seiner Unterlippe kaute. Ruhne schielte dankbar in Pfännchens Richtung.

Etwas verlegen verschränkte Tim seine Arme vor dem Körper. "Du hast ja recht. Es ist nur so, dass ich unheimlich wütend bin."

Tims Worte klangen versöhnlich.

"Trotzdem, wir dürfen uns das nicht gefallen lassen." Tim legte eine kleine Pause ein und beobachtete seine Freunde. Aber nur Pfännchen suchte in diesem Moment den Blickkontakt.

"Ich schlage vor, dass wir unverzüglich gemeinsam zu unserer Burg gehen und die Neuen zur Rechenschaft ziehen." Tim räusperte sich vielsagend.

"Wenn es sein muss", Tim holte tief Luft, bevor er weitersprach, "dann kämpfen wir."

"Du meinst prügeln?" Lockes Stimme klang besorgt und

dann ein wenig erleichtert, als sie hinzufügte: "Mit Mädchen werden die sich bestimmt nicht prügeln. Das glaube ich nicht."

Pfännchen verdrehte genervt ihre Augen. "Auf mich kannst du zählen, dann sind wir vier gegen vier."

Jetzt wollte auch Locke nicht hinten anstehen und sprang auf.

"Ich habe es mir überlegt. Ich mache den Schiedsrichter!" Triumphierend sah sie auf Pfännchen herab. Diese brachte allerdings nur ein müdes Lächeln zustande.

"Kommt, was ist los? Auf zum Kampf!" feuerte Locke die Freunde an.

"Wir haben bestimmt keine Chance gegen die!" In Ruhnes Stimme klang Resignation, als er sich zögerlich erhob.

Auch Sven machte beim Aufstehen den Eindruck, als wären die Glieder zentnerschwer. "Okay, ich bin dabei."

Der letzte, der aufsprang, war Tim. "Laßt mich vorangehen." Dankbar nickten die anderen. "Die Sachen lassen wir hier." Tim zeigte auf das Handtuch und die Taucherbrille in Lockes Hand.

Wie vier müde Krieger trotteten Pfännchen, Locke, Sven und Ruhne hinter ihrem Anführer her.

"Der wird schon sehen", flüsterte Ruhne dem vor ihm gehenden Sven ins Ohr.

Dieser nickte ohne sich umzudrehen. Die Freunde verließen den angenehm kühlen Schatten der Steilküste und sprangen von Stein zu Stein, auf denen man zu dieser Tageszeit Spiegeleier hätte braten können, in die Richtung der besetzten Burg.

Es dauert nicht lange, dann hatten sie die etwa einen Meter fünfzig hohe Burg aus Sand, Steinen und allerlei Strandgut erreicht. Erwartungsvoll starrten Ruhne, Sven und die Mädchen auf Tim. Diese stellte überflüssigerweise fest, dass sie das Zielobjekt, wie er sich ausdrückte, erreicht hatten. Für Pfännchen war das auch ein Hinweis dafür, dass sich selbst Tim in seiner Haut nicht ganz wohl fühlte.

Während Tim den Freunden andeutete, einige Schritte zurückzutreten, sprang er entschlossen in den Eingang der Burg. Die schwarze Fahne mit dem Totenkopf knatterte im Wind, als Tim laut brüllend in das Innere der Burg plumpste. Schnell hatte er sich wieder aufgerappelt und trat in kämpferischer Pose vor die vier Besetzer. Die lagen alle auf dem Rücken, ausgerichtet nach der Sonne. Dem ersten Erstaunen in den Gesichtern wich ein breites Grinsen. Tim platzte fast vor Zorn.

"Macht, dass ihr hier rauskommt. Dort ist der Ausgang."

Mit bebender Stimme hüpfte er von einem Bein auf das andere. Die vier in der Burg stützten sich mit den Ellenbogen auf und lachten nun schallend los.

Draußen kicherte Locke nervös, während Pfännchen zusammenzuckte. Sie konnten nur Tim in seiner gleichermaßen entschlossenen wie verzweifelten Pose sehen.

Sven und Ruhne sahen sich wissend in die Augen.

"Was will der ?" keuchte ein Schwarzhaariger und japste nach Luft.

"Ich weiß nicht, ich verstehe ihn so schlecht", antwortete der soeben Angesprochene und schlug sich amüsiert auf die sonnengebräunten Schenkel.

Die beiden anderen wischten sich die Tränen des Vergnügens aus den Augenwinkeln. Tim verstand die Welt nicht mehr. Die hier nahmen ihn nicht für voll. Feindselig starrte Tim auf den Schwarzhaarigen herab, der nicht viel älter als er selbst zu sein schien und der das Wort führte.

"Ich wiederhole mich nur ungern. Haut ab, das ist unsere Burg. Wir haben sie gebaut." Tims Stimme klang jetzt fest und entschieden.

Während die anderen in der Burg sich noch vor Lachen bogen, wurde das mädchenhaft ebene Gesicht des Schwarzhaarigen plötzlich ernst.

"Verpiß dich, sonst setzt es was!" Für den vor ihm stehenden Tim hatte der Schwarzhaarige nur ein müdes Lächeln übrig. Tim musste schlucken.

"Du siehst doch, dass wir in der Burg liegen. Also!" Der Schwarzhaarige sprang behende auf. Er überragte Tim um einen halben Kopf. Schlagartig wurde es ruhig in der Burg. Einer der drei Liegengebliebenen, mit schmalem Fuchsgesicht und strähnigem, gelblichem Haarschopf, fletschte wie ein Tier auf Beutezug die Zähne. Tim erschrak.

"He! Hier spielt die Musik!" Der Schwarzhaarige tippte Tim mit dem Zeigefinger gegen die Brust. "Abmarsch nach draußen!" zischte er ärgerlich. Tim starrte noch immer fasziniert auf das Fuchsgesicht, als er durch einen Stoß aus dem Gleichgewicht kam und nur mit Mühe verhindern konnte, nicht in den Sand zu fallen.

"Das reicht jetzt. Komm vor die Burg, wenn du dich traust", fauchte er den Schwarzhaarigen an, bevor er sich umdrehte und nach draußen stolperte. Das ließ sich dieser nicht ein zweites Mal sagen. Mit kraftvollen Sätzen, ähnlich einer Wildkatze, stand der Schwarzhaarige nur eine Sekunde später kampfbereit neben Tim.

Während Ruhne, Sven, Locke und Pfännchen erschrocken einen Schritt zurücktraten, folgten die drei anderen Besetzer ihrem Anführer vor die Burg und postierten sich hinter ihm.

"Mach kurzen Prozeß mit ihm, Botel", stachelte das Fuchsgesicht den Schwarzhaarigen an.

Dieser fixierte mit funkelnden Augen Tim. Der erwiderte den

Blick, ohne mit der Wimper zu zucken. Botel, wie ihn das Fuchsgesicht genannt hatte, federte in den Knien und stützte sich mit den Armen auf den Oberschenkeln ab. Tim tat es ihm gleich. Wie zwei Kampfhähne standen sie sich jetzt gegenüber, die Muskeln angespannt bis in die allerletzte Faser, bereit zum Sprung. Die Köpfe der beiden berührten sich fast an der Stirn. Tim spürte den stoßweisen Atem seines Gegners. Er selbst bemühte sich, ruhig zu atmen. Der andere sollte nicht mitbekommen, wie aufgeregt Tim in diesem Moment war. Tims Freunde und die drei übrigen Burgbesetzer hatten einen geschlossenen Kreis um die zwei Kämpfer gebildet. Während Pfännchen noch einen letzten Versuch unternahm, den Kampf zwischen ihrem Freund und Botel zu verhindern, bot sich Locke völlig unpassend tatsächlich als Schiedsrichter an.

"Ich hätte nicht gedacht, dass du es ernst meinst", tadelte Pfännchen die Freundin. Diese zuckte jedoch nur verständnislos die Schultern und trippelte weiterhin aufgeregt hin und her.

"Botel, beeil dich", raunzte der mit der goldglänzenden Kette um den Hals.

"Rocky hat recht, wir haben heute noch etwas anderes vor", provozierte das Fuchsgesicht.

"Tim, du weißt, was du kannst", wollte auch Ruhne den anderen von der Gegenpartei nicht nachstehen. Sowohl Botel als auch Tim stand der Schweiß auf der Stirn.

"Ihr könnt noch verschwinden. Haut einfach ab und laßt uns in Ruhe!" raunte Botel Tim ins Ohr.

"Ihr habt unsere Burg besetzt. Ihr müßt abhauen!" erwiderte Tim überzeugt.

"Wenn du nicht anders willst." Botels Stimme klang besorgt. Plötzlich richtete sich Botel auf und Tim erinnerte sich in diesem Moment an seinen nächtlichen Traum. Es war ziemlich verrückt. Plötzlich fiel ihm der Muskelmensch ein, mit dem er im Traum gekämpft hatte. Und täuschte er sich oder war es wirklich so? Das ebene, mädchenhaft scheinende, schweißnasse Gesicht seines Gegners ähnelte dem zerplatzten Ballgesicht in seinem Traum.

Tim hätte sich lieber einen anderen Augenblick für seine Erinnerung aussuchen sollen. So war er jedenfalls für einen Moment unachtsam und bemerkte nicht, wie der Schwarzhaarige in Sekundenschnelle den rechten Arm für einen wuchtigen Schwinger nach hinten riß.
Botels Faust traf Tim völlig unvorbereitet auf die Kinnspitze. Pfännchen zuckte zusammen und Locke wischte sich aufgeregt mit der Hand über die trockenen Lippen. Ruhne mochte gar nicht hinsehen, während sich Sven krümmte, als wenn er und nicht Tim den Schlag abbekommen hätte. Die drei anderen Burgbesetzer, das Fuchsgesicht also, der, den sie Rocky nannten, und der mit dem Ring in seinem rechten Ohr, tobten vor Begeisterung. Tim spürte den Schlag überhaupt nicht. Für Sekundenbruchteile schwebte sein Körper über dem steinigen Strand, dann plumpste er der Länge nach hin. Für einen kurzen Moment richtete sich sein Oberkörper auf, Tims Augen sahen fragend nach seinem Gegner, bevor sie sich seltsam nach innen verdrehten. Wie ein Brett klappte Tims Oberkörper zurück.

Der erste, der sich über Tim beugte, war Botel. Gekonnt holte er Tim mit einigen kräftigen Ohrfeigen aus seiner dröhnenden Benommenheit zurück.

"Friedhof, Friedhof", waren die ersten Worte von Tim, die er noch leicht abwesend murmelte.

Pfännchen schob den Schwarzhaarigen entschieden zur Seite und kniete schluchzend an Tims Kopfende. Sie schob ihren linken Arm unter Tims Kopf, so dass sich ihr Gesicht für einen kurzen Augenblick an das Gesicht von Tim schmiegte.

Verblüfft blinzelte Tim aus den Augenwinkeln, bevor er erschrocken aufsprang. 'Das ging zu weit.'

Tim rieb sich das getroffene Kinn. "Alle Achtung, das war ein guter Schlag. Aber die Sache ist damit nicht ausgestanden", raunzte er Botel im Vorbeigehen zu. Und für alle laut und verständlich: "Wir treffen uns noch. Bestimmt." Mit einer knappen Handbewegung forderte Tim seine Freunde auf, ihm zu folgen.

"Die erste Schlacht haben wir zwar verloren, doch noch ist

nichts entschieden", verkündete Tim vollmundig, als sie wieder im Schatten der Steilküste, ein gutes Stück entfernt von ihrer Burg, zusammensaßen.

Tim
erfährt von der Existenz des Rotterichs

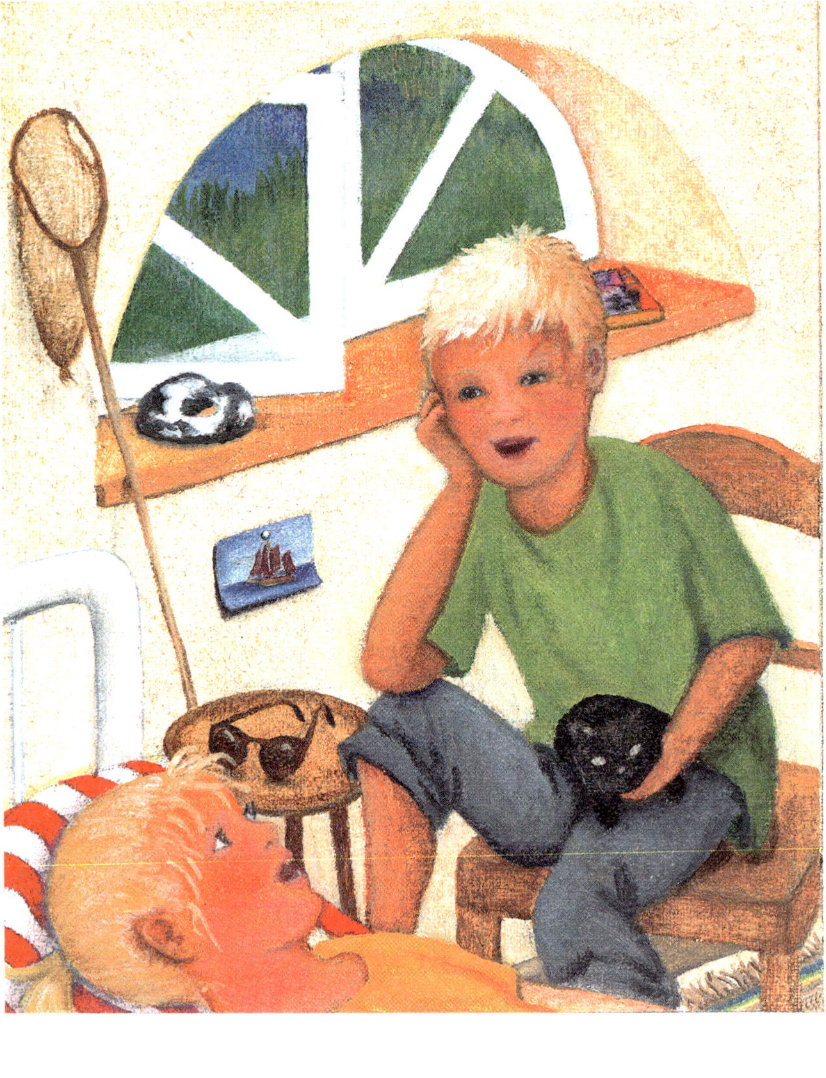

„Soll es so weitergehen? Willst du dich noch mal verprügeln lassen? Die schaffen wir nie!" Pfännchen starrte angespannt zu Tim.

„Es muss doch eine Möglichkeit geben, dass wir wieder zu unserer Burg kommen, ohne uns zu prügeln."

Ruhne schob mit seinem linken Fuß Steine und Sand aufeinander, so dass sich an seinem Fußende schon bald ein kleiner Turm gebildet hatte.

„Ruhne hat völlig recht. Ich habe auch keine Lust, mich von den Neuen verhauen zu lassen. Aber es stinkt mir gewaltig."

Sven blickte stirnrunzelnd auf Tim, der seinerseits seine Freunde für diese Einstellung am liebsten angeblafft hätte. Man konnte deutlich beobachten, wieviel Mühe es ihm bereitete, in diesem Moment ruhig zu bleiben.

„Und, was schlagt ihr vor?" fragte Tim tonlos in die Runde.

„Die Politiker finden doch auch immer Wege, ohne Gewalt etwas durchzusetzen", Locke blickte verschmitzt zu Tim.

„Du schon wieder. Was ist heute bloß wieder mit dir los? Zuerst die Sache mit dem Schiedsrichter, jetzt dieser Vergleich mit den Politikern." Pfännchen hatte wenig Verständnis für Lockes Äußerungen. Auch Sven und Ruhne blickten erstaunt auf. „Es ist schon etwas dran an Lockes Worten", warf Sven allerdings überraschend ein. „Wir müssen die Auseinandersetzung mit anderen Mitteln führen – wie Politiker eben", Sven nickte, während Pfännchen erstaunt das Gesicht verzog.

„Mein Vater sagt immer: wenn du den Politikern vertraust, dann bist du verloren!" Nach einer kleinen Pause fuhr Pfännchen fort: „Ich jedenfalls traue keinem Politiker. Ich nicht!" Die letzten Worte sprach sie ziemlich hastig, bevor sie sich auf den Bauch drehte und auf das Wasser starrte.

„Kennst Du denn überhaupt einen Politiker?" fragte Sven sehr sachlich.

„Nö", antwortete Pfännchen, und das Gespräch schien sie überhaupt nicht mehr zu interessieren.

„Auch mein Großvater hält nicht viel von Politikern. Die bekommen immer ihr Fett ab", wollte Tim Pfännchen zu Hilfe kommen. Doch wie gesagt, Pfännchen hatte für sich das Thema abgeschlossen.

„Okay, was schlagt ihr vor?" Tim holte tief Luft, bevor er weitersprach. „Ich kann wohl voraussetzen, dass wir etwas unternehmen müssen." Ruhne, Sven und Locke nickten zustimmend.

„Also, was wollen wir machen?" fragte Tim mit höchst bedeutsamen Gesicht. „Soll ich noch mal mit denen sprechen?" Locke zeigte mit dem Finger in die Richtung ihrer Burg.

Mit einem unsicheren Lächeln rutschte sie ein Stückchen näher zu Tim. Der schaute entsetzt auf seine Füße, während aus der Richtung von Pfännchen ein Kichern zu ihm drang. „Vielleicht sollten wir die vier erst einmal beobachten, rauskriegen, wo sie wohnen, mit wem sie zusammen sind und so weiter." Ruhne räusperte sich. „Das ist eine prima Idee. Da finden wir vielleicht irgendwelche Schwachstellen, die wir für uns nutzen können." Sven sprang unvermittelt auf.

„Wo die wohnen, kann ich euch auch so sagen. Im Ort jedenfalls nicht – oder habt ihr die Typen früher schon mal gesehen?" Gelangweilt hob Pfännchen den Kopf. „Die wohnen bestimmt am Ortsrand, dort, wo in den letzten Jahren die Häuser hochgezogen wurden, eins teurer als das andere."

„Kann schon sein, aber Ruhnes Vorschlag hat was für sich. Übrigens sind mir die vier Typen schon vor ein paar Tagen unangenehm aufgefallen – und ich hatte schon so eine Ahnung", erklärte Tim.

„Unabhängig davon, dass wir morgen früh die ersten am Strand sein sollten, werden wir die", Tim suchte nach einer treffenden Bezeichnung für die Burgbesetzer, „Ganoven heute observieren." In Lockes Richtung ergänzte Tim mit einem bemühten Lächeln: „Das bedeutet so viel wie: beobachten." Entrüstet erklärte Locke, dass sie ein Fan von Krimis sei und somit sehr gut diesen Begriff kenne.

„Ich meine ja nur", entschuldigte sich Tim halbherzig.

Am stahlblauen Himmel hatte sich die Sonne, die in diesem Jahr die Urlauber mit wochenlangem Sonnenschein verwöhnte, wieder ein Stückchen dem Horizont genähert. Am späten Abend würde sie glutrot im Meer versinken, unter den Blicken der staunenden Menschen. Tim hatte dieses Schauspiel unzählige Mal verfolgt, und immer wieder war er tief beeindruckt. Verschwand der Feuerball im Meer, blieb nur noch ein funkelnder Schweif auf dem Wasser, der von

Minute zu Minute blasser wurde. In diesen Augenblicken kam Tim sich manchmal ziemlich klein und unwichtig vor, dann bekam er eine Ahnung von der Kraft der Natur.

Das Steilufer spendete Tim und seinen Freunden zu dieser Stunde keinen Schatten mehr. Gegen ihre sonstige Gewohnheit waren die Kinder heute noch kein einziges Mal im Wasser gewesen.

Als Pfännchen diesen Umstand bemerkte, beeilte sich Tim, die Aufgaben für die Aktion „Rückeroberung der Burg" zügig zu verteilen.

Ruhne und Sven sollten demnach den Besetzern nach dem Verlassen der Burg bis nach Hause folgen. Locke bekam den Auftrag, sich im Ort umzuhören. Vielleicht konnte sie ja einige Informationen über die vier Burgbesetzer sammeln.

Tim und Pfännchen wollten sich nochmal zu Hause zusammensetzen und ernsthaft über eine mögliche und vor allem erfolgreiche Strategie diskutieren. Denn eins wussten sie genau: allein das Beobachten und die Kenntnis einiger möglicher Details zu den Personen, das brachte ihnen ihre Burg nicht auf Dauer zurück.

Die Aufgabenverteilung erfolgte ohne Murren und Widerworte, was wohl auch daran lag, dass alle nur noch eins im Kopf hatten: möglichst rasch ins Wasser zu kommen, um sich abzukühlen.

Nachdem die Kinder zu Pfännchens Vorschlag, sich gegen 21.00 Uhr am alten Hafen zu treffen, ihr Einverständnis erklärt hatten, schnappte sich jeder seine Taucherbrille und den Schnorchel. Dann sprinteten sie zum Meer.

„Wer ist der Schnellste? Na, kommt, meine Lieben. Was ist denn?" Tim hatte sich gerade einen kleinen Vorsprung vor Ruhne und Locke erlaufen, als er nach hinten blickend über einen der unzähligen Kalksteine stolperte und fiel.

„Na, meinst du, dass du es heute noch schaffst?"

Ruhne konnte eine gewisse Portion Schadenfreude nicht verbergen, als er an Tim betont gemächlich vorbei lief, um dann wieder schneller zu werden.

Tim sah ziemlich unglücklich aus, als ihn auch noch Pfännchen keuchend als Letzte passierte und mitleidsvoll von oben herab anblickte.

'Irgendwie ist das heute nicht mein Tag'. Tim rappelte sich auf, nahm die Schramme am linken Knie mit gerunzelter Stirn zur Kenntnis und folgte den anderen ins Wasser.

Es war eine Wohltat, bei der Hitze dieses Sommertages in das warme, aber doch noch erfrischende Ostseewasser zu springen. Für diese Zeit vergaßen die fünf Freunde ihre Sorgen um die besetzte Burg und schwammen und tauchten, was das Zeug hergab.

Obgleich Pfännchen an Land eine der langsamsten war, hier im Wasser entwickelte sie kaum für möglich gehaltene Fähigkeiten. Schon nach wenigen Augenblicken hatte sie Locke und die drei Jungen auf dem Weg zur zweiten Sandbank hinter sich gelassen.

Als Pfännchen die Sandbank, die in einem Abstand von etwa zweihundert Metern parallel zur Küste verlief, erreicht hatte, drehte sie sich auf den Rücken und schwenkte ihre Taucherbrille und den Schnorchel in Richtung der heranschwimmenden Freunde. Noch zwei, drei Armzüge, dann suchte sie mit den Füßen den sandigen Grund. Das Wasser reichte Pfännchen bis zum Hals. Bei Wellengang war es allerdings nur kurzzeitig möglich, hier auszuruhen. Doch heute gab es damit keine Probleme.

Pfännchen atmete schon wieder ruhiger, als Tim als erster der Verfolger die Sandbank erreichte. Nach und nach trafen auch Ruhne, Sven und zuletzt Locke ein.

Nach einer kurzen Pause tauchten die fünf Freunde wie fast jeden Tag zu dem jenseits der Sandbank bekannten steinigen Grund.

Ihre Suche galt den zu Stein gewordenen Zeitzeugen dieser Welt. Seeigel, Donnerkeile, Muscheln und Klappersteine waren dabei die begehrtesten Sammelobjekte.

Die Sonne stand schon tief, als Tim und seine Freunde völlig erschöpft und an diesem Tag ohne sehenswerte Beute wieder den Strand betraten.

Die ersten Schritte an Land fielen unheimlich schwer und schon nach wenigen Metern blieben die fünf stehen. Alle keuchten und rangen nach Luft. Pfännchen ließ sich mit hochrotem Kopf auf den steinigen Strand fallen. Mit der rechten Hand zeigte sie in die Richtung der Treppe, vor der sich um diese Zeit eine Menschentraube gebildet hatte.

„Was hast du?" Tim atmete tief und schüttelte verständnislos den Kopf. „Die wollen alle nach oben."

„Nein, nein, schaut doch, da vorn", Pfännchen war noch immer außer Puste und das Sprechen fiel ihr deutlich schwer. „Die Ganoven", brachte sie noch über die Lippen, bevor sie die Augen schloss und ihr rechter Arm wie ein Peitschenhieb auf den Boden schnellte.

Tim runzelte die Stirn und wollte sich schon mit einer eindeutigen Handbewegung abwenden, als er das entdeckte, worauf Pfännchen sie aufmerksam zu machen suchte. Doch bevor Tim ein Wort sagen konnte, hatten auch die anderen die vom Strand abziehenden Burgbesetzer bemerkt.

Ruhne stieß Sven an und nach einer kurzen Verständigung sprinteten die beiden Jungen in die Richtung des Steilufers.

„Wir holen nur rasch unsere Sachen, dann kleben wir an ihnen wie zwei Kletten."

Sven sah sich noch einmal zu den anderen um. In weniger als einer halben Minute hatten die beiden den Schatten von Botel und seinen Kumpanen erreicht.

„Die sind gut", nickte Tim anerkennend und meinte damit

Sven und Ruhne. Er tippte das am Boden liegende Pfännchen kurz mit den Zehenspitzen an.

„Hast du dich erholt?" wollte er wissen. Doch Pfännchen öffnete nur für einen kurzen Moment die Augen.

„Ach, lass sie, Tim, du weißt doch, dass sie Zeit braucht." Hinter vorgehaltener Hand und zu Tim gebeugt kicherte Locke. „Mit der Figur", Locke grinste über das ganze Gesicht.

„Ich höre alles, liebe Locke, alles", blinzelte Pfännchen und auch Tim musste schmunzeln.

Nachdem Pfännchen noch einmal kurz in das Wasser eingetaucht war, um den feinen Ostseesand abzuspülen, schnappten Tim und die Mädchen ihre wenigen Strandsachen und machten sich auch auf den Weg nach oben. Lockes Armbanduhr zeigte ihnen, dass es schon kurz nach sechs war und plötzlich verspürten die drei einen mächtigen Appetit. Selbst Pfännchen hatte in den letzten Stunden nicht ein einziges ihrer geliebten Bonbons gelutscht, wie sie erschrocken feststellte. Sofort kramte sie in der Badetasche und fingerte nach einer dieser klebrigen Süßigkeiten. Sie bot Tim und Locke ein Bonbon an, doch beide lehnten dankend ab.

Vor der einzigen Treppe im Umkreis von mehreren Kilometern mussten auch Tim, Locke und Pfännchen in der Menge der Urlauber, die den Strand verließen, warten.

Tim nutzte diesen Moment, um Locke nochmals auf ihre Aufgabe einzuschwören. Dabei machte er ein höchst bedeutsames Gesicht. Locke versprach, sich Mühe zu geben.

Pfännchen wollte nur kurz nach Hause laufen, sich umziehen und etwas essen.

„So gegen 19.00 Uhr bin ich dann bei dir", versprach sie Tim.

„Sagen wir halb acht, dann brauchst du dich nicht so zu beeilen", bot Tim seiner Freundin lächelnd an.

„Wie du meinst, also bis halb acht!" verabschiedete sich Pfännchen, oben auf dem Steilufer angelangt, und bog unverzüglich nach links in die Richtung des Ortes.

Locke nahm die gleiche Richtung und winkte Tim noch einmal kurz zurück: „Um neun im Hafen, wie abgesprochen", rief sie für jedermann hörbar.

'Lauter geht es nicht. Wir können ja gleich eine Mitteilung über unser Treffen an die Gemeindetafel anschlagen', ärgerlich schlüpfte Tim in seine Turnschuhe. Vorbei an kräftigen

Sanddornbüschen und mächtigen Hecken aus Bauernrosen mit ihren weißen oder zart rosafarbenen Blüten, lief Tim zurück zu den Großeltern.

So eilig wie auf dem Hinweg hatte er es jetzt nicht. Viele Gedanken gingen ihm durch den Kopf. Am meisten beschäftigte ihn jedoch der Umstand, dass er noch keine erfolgversprechende Möglichkeit gefunden hatte, wie er und seine Freunde wieder zu ihrer Burg kommen konnten.

Körperlich waren die anderen unzweifelhaft stärker als sie. Das hatte Tim vor einigen Stunden schmerzhaft zu spüren bekommen. Allerdings war er während des Kampfes auch unaufmerksam gewesen, und das hatte Botel den entscheidenden Vorteil gebracht.

Tim war wieder an der Stelle angekommen, an der er die Hauptstraße überqueren musste. Er hatte Glück und brauchte nicht lange zu warten. Gemeinsam mit einigen sonnengebräunten und auch sonnenverbrannten Urlaubern lief er über den noch weichen, dampfenden Asphalt und weiter auf dem Fußweg entlang in Richtung Hafen.

Am ausgetrockneten Wegesrain wiegten sich die gelben

Köpfe des Rainfarns und die weißen Schirme der Scharfgarbe im lauen Abendwind.

Allerdings hatte Tim verständlicherweise für diese Farbtupfer der Natur zum jetzigen Zeitpunkt keinen Blick übrig.

'Wenn wir morgen früh die ersten sind ...' Tim neigte jedoch bei dieser Überlegung zweifelnd seinen Kopf hin und her. Auch dieses Vorgehen würde letztlich nur auf eine handfeste Auseinandersetzung hinauslaufen.

Tim verwarf also diese Möglichkeit. Aber was blieb dann noch übrig? Sollten sie die Erwachsenen um Hilfe bitten? Dieser Gedanke kam Tim lächerlich vor. Wenn er sich vorstellte, Großvater und Großmutter oder die Eltern von Ruhne und Paulas Tante postierten sich vor der Strandburg. Tim stoppte kurz und griente über das ganze Gesicht. Es fehlte nicht viel und er hätte laut losgeprustet.

Die grauhaarige Frau mit den streng gescheitelten Haaren, die Tim entgegenkam, stutzte, als sie den Jungen so sah, und trat vorsichtshalber einen Schritt zur Seite.

„Aber meine Dame", hauchte Tim galant und deutete eine Verbeugung an.

Dann setzte er seinen Weg fort und hatte bald die Abzweigung, die zum Bodden und somit auch zum Katen seiner Großeltern führte, erreicht.

Zu beiden Seiten des holprigen Weges spendeten Ebereschen mit ihren kräftig roten Beeren und den sich schon braun färbenden, gefiederten Blättchen angenehmen Schatten.

'Vielleicht sollten wir wirklich reden wie die Politiker?' Tim zweifelte jedoch in diesem speziellen Fall an der Kraft des Wortes, vor allem, nachdem er Botel und die anderen heute kennengelernt hatte. 'Nein, das bringt nichts!' entschied er für sich. ' Sollen wir zu Kreuze kriechen? Sie bitten und auf ihre Gnade angewiesen sein? Nein, nein und nochmals nein!' Tim knurrte nun wie ein gereizter Terrier. Beinahe wäre er in seiner erneut aufschäumenden Wut den Weg weiter in Richtung des alten Hafens gelaufen. Die Großmutter, die mitten in einem Meer von Dahlienbüschen stand und gerade dabei war, einen frischen Strauß für die Küche zu schneiden, hatte ihn jedoch bemerkt. „Tim, wo willst du hin?"

Die dünne Stimme seiner Großmutter riss ihn aus seinen Gedanken. Bemüht freundlich winkte er der alten Frau zu und bog auf die leicht ansteigende Auffahrt ein, die zum Haus führte.

„Hallo, Großmutter! Ich habe mächtigen Kohldampf. Was gibt es denn heute?"

Doch die Großmutter war schon wieder mit ihren Blumen beschäftigt. So trottete Tim ohne zu wissen, was heute als Abendbrot auf den Tisch kam, zum Haus.

Der mehr als einhundert Jahre alte Katen, den der Großvater vor einigen Jahren renoviert und weiter ausgebaut hatte, trug ein dickes Schilfdach, das jetzt in der frühen Abendsonne gülden funkelte.

Vor dem rostfarbenen Haus mit seinen schneeweißen Fensterrahmen saß der Großvater auf einer Holzbank, die zwischen abblühendem blauen Rittersporn und zahlreichen Sonnenblumen stand.

Seine Augen blitzten, als Tim seine Strandsachen und den Ball auf den Boden fallen ließ und sich neben ihn setzte.

„Komm, rück mal ein Stückchen." Tim stieß den Großvater an. „Oh, das riecht heute wieder hervorragend."

Tim hielt seine Nase in die Richtung der Haustür, von wo der verführerische Duft herkam.

„Ich tippe auf", nur einen kurzen Moment überlegte Tim, dann war er sich sicher: „Rotkohl und Rouladen."

Fragend und andererseits auch überzeugt von seiner Einschätzung sah Tim den Großvater an. Der schmunzelte und schob seine Pfeife zwischen den Lippen hin und her, bevor er antwortete.

„Deine Nase könnte für die Polizei interessant sein. Volltreffer."

Tim griente und kratzte sich die Narbe über der linken Augenbraue. „War wieder ein harter Tag für dich."

Mehr feststellend als fragend zeigte der Großvater mit der gesunden rechten Hand auf Tims geschürftes Knie.

Doch der winkte nur ab. „Weißt du, Großvater, das ist das geringste, was mir heute passiert ist." Tim stockte und holte tief Luft.

In diesem Augenblick hätte er dem Großvater am liebsten von den Angebern, die ihre Burg besetzt hatten, erzählt. Vielleicht hätte ja der Großvater einen Rat gewusst. Bestimmt sogar. Doch so schnell, wie der Gedanke in Tims Kopf aufgetaucht war, so schnell verwarf er diese Möglichkeit. 'Nicht heute.'

Der Großvater nun war nicht der Mensch, der nachbohrte oder drängelte. Wenn also Tim nicht erzählen wollte, so würde er schon seine Gründe dafür haben. Das konnte er gut akzeptieren.

„Sag mal, mein Junge, heute Mittag, bevor du zum Strand runter bist, da riefst du noch, dass ich dir etwas über das Träumen erzählen sollte."

Der Großvater wechselte ohne Mühe das Thema. Für einen kurzen Moment blickte er seinen Enkel von der Seite an, dann stopfte er sich umständlich die Pfeife.

Tim nickte dankbar und dachte kurz nach. In dieser Zeit entzündete der Großvater den Tabak in seiner Pfeife und zog einige Mal so kräftig am Mundstück, dass die Tabakkrümel im Pfeifenkopf aufglühten. Als der Großvater das bemerkte, lehnte er sich entspannt zurück und inhalierte den ersten Zug kräftig.

Es dauerte nur einige Sekunden, dann wälzte sich die Nikotinwolke zwischen den leicht geöffneten Lippen des alten Mannes wie befreit aus dem Körper und verschwebte rasch in der Atmosphäre.

Während der Großvater diesen ersten Pfeifenzug genoss, versuchte Tim den Raucher mit beiden Händen von sich fort zu schieben. Doch die alte Bank auf der sie saßen, war zu kurz, als dass der Großvater etwas hätte abrücken können.

„Du bringst dich noch um, Großvater", seufzte Tim. "Weißt du überhaupt, was du deinem Körper und auch den anderen zumutest?" Tim schüttelte verständnislos den Kopf. Nicht das erste Mal regte er sich über die Nikotinsucht des Großvaters auf.

"Deine Lunge sieht bestimmt schon aus wie ein altes Teerfass", versuchte Tim dem Großvater Angst zu machen.

„Deine Adern sind sicher bald ganz verstopft", legte er noch eins drauf. Doch der Großvater tat so, als höre er die Worte des Jungen nicht.

„Du hast doch schon einen Schlaganfall gehabt", stöhnte Tim enttäuscht und zuckte hilflos die Achseln.

Die Pfeife im Mund des Großvaters wanderte für einen

Moment etwas schneller von einem Mundwinkel zum anderen und die rechte Hand massierte die seit dem Schlaganfall ungeschickte linke.

„Soll ich nun etwas über das Träumen erzählen oder nicht?" Großvaters Stimme klang eine Spur ärgerlich.

„Wie du meinst, ich werde jedenfalls nie rauchen". Tim stand auf und setzte sich auf den Volleyball genau gegenüber dem Großvater.

„Der Junge hat recht, alter Starrkopf."

Großmutter eilte mit den frischgeschnittenen Blumen im Arm an Tim und dem Großvater vorbei.

Im Hauseingang blieb sie stehen, drehte sich kurz um und schüttelte den Kopf. „Den änderst du nie." Dabei huschte ein liebevolles Lächeln über ihr runzliges Gesicht.

„In zehn Minuten steht das Essen auf dem Tisch." Der Junge nickte zum Zeichen, dass er verstanden hatte, doch die Großmutter war schon im Haus verschwunden.

Tim blickte zu seinem Großvater auf. „Ich hatte heute Nacht einen merkwürdigen Traum", begann er zu erzählen.

In den folgenden Minuten berichtete Tim dem Großvater

über den Traum, dessen Inhalt er jedoch nur noch bruchstückhaft wiedergeben konnte. So erfuhr der Großvater von dem Muskelmenschen und dem Ballgesicht. Tim erzählte auch, dass der ganze Traum heute früh nach dem Aufwachen in seinem Gedächtnis gelöscht war und erst am Strand wieder einige Bilder in seinem Kopf aufgetaucht seien.
Dabei vermied es Tim, die Auseinandersetzung mit Botel zu erwähnen.
Als Tim seine Traumgeschichte beendet hatte, rieb er sich das noch leicht schmerzende Kinn und sah den Großvater mit fragenden Augen an.
„Weißt du, was das zu bedeuten hat?" Der Großvater zog kräftig an seiner Pfeife und strich sich mit seiner linken Hand umständlich durch das schlohweiße Haar.
„Nun sag schon, Großvater, wie funktioniert das mit den Träumen? Was passiert da?"
Tim rutschte gespannt auf dem Ball hin und her und hätte beinahe die Balance verloren. Er musste sich mit dem rechten Arm abstützen, um nicht auf dem Kies zu landen, den der Großvater in der Einfahrt gestreut hatte.

„Ja, mein Junge, ich kann dir etwas über das Träumen erzählen. Ich habe da mal etwas gehört."
Der Großvater sprach mit angenehm tiefer Stimme, während Tim gespannt zuhörte und nickte.
„Erzähl deine Geschichte, Großvater, fang bitte an."
Tim platzte fast vor Neugier. Vergessen war die Aufregung des heutigen Tages.
„Du weißt, dass ich dir nichts erzählen werde, was diese Fachköpfe mit ihren Experimenten und dem anderen Kram rausgefunden haben."
Tim machte eine abwinkende Handbewegung zum Zeichen, dass er Bescheid wusste.
Der Großvater setzte ein höchst bedeutsames Gesicht auf und begann zu erzählen.
„Es war auf einer Fahrt ins Mittelmeer. Unser Schiff hatte Getreide und Holz an Bord und ich war damals noch ein ganz junger Matrose. Die Fahrt dauerte viele Tage, und wenn auch damals noch alles neu und interessant für mich war, so gab es immer mal wieder Augenblicke, in denen wir an Bord saßen, den Blick auf die schier unendliche Weite des Meeres

gerichtet, und von Zuhause träumten oder uns Geschichten erzählten."

Der Großvater seufzte und seine Augen leuchteten wie zwei funkelnde Edelsteine, während er sich erinnerte.

„Das ist nun auch schon mehr als fünfzig Jahre her", schüttelte der Großvater den Kopf.

„Es war damals ein wunderschöner früher Herbsttag. Wir hatten unsere Reinigungsarbeiten an Deck fertig und warteten auf das Abendbrot. Unser Smutje war nicht zum ersten Mal zu spät dran und so mussten wir uns bis zum Essen die Zeit vertreiben.

In kleinen Grüppchen saßen oder standen die einzelnen Seeleute an Deck, unterhielten sich und beobachteten den Weg der purpurroten Sonne. Als der riesige Wärmespender in seinem abendlichen Wasserbett verschwunden war, glitzerte für eine Weile noch ein gleißender Lichtkegel auf dem Wasser. Ich saß damals mit einem alten Matrosen achtern. Er machte seine letzte Fahrt und wurde von den meisten an Bord für einen kautzigen Kerl gehalten. Und wie es so ist, auch an diesem Tag kamen wir ins Gespräch. Ich beklagte mich bei ihm, dass ich in den letzten Tagen überhaupt nicht mehr träumte."

Der Großvater klopfte seine Pfeife umständlich an der Bank, so dass der verbrannte Tabak auf den Boden stob.

„Ich weiß es noch genau, als wäre es gestern gewesen", seufzte der Großvater und fuhr fort: „Der Alte sah mich von der Seite an, bevor er zu sprechen begann. – Wahrscheinlich bist du so erschöpft, dass du gar keine Zeit mehr zum Träumen hast. – sagte er zuerst. – Oder … – Mit starrem Blick, so dass mir damals ein Schauer den Rücken hinunterfuhr, fixierte er mich."

An dieser Stelle legte der Großvater eine Pause ein und Tim hielt es vor Anspannung nur mit Mühe noch auf dem Ball.

„Bitte, Großvater, erzähl weiter!" Der Junge fuhr sich mit dem rechten Handrücken über die spröden Lippen.

„Auch ich war damals natürlich ganz gespannt und drängelte den Alten weiterzuerzählen. Doch der ließ sich Zeit, bevor er mir sein Wissen anvertraute. – Oder –, wiederholte der Alte damals und sah sich dabei vorsichtig und wohl auch ein wenig beunruhigt um, bevor er mit gedämpfter Stimme, fast flüsternd, mit hochgezogenen Augenbrauen und leicht vornübergebeugtem Oberkörper die Geschichte zu Ende erzählte."

Tim war so nahe mit seinem Ball an den Großvater herangerückt, dass er diesen an den Knien berührte.

„– Es ist kein Verlass auf deinen Rotterich. – Das waren seine Worte, die mich genauso wie dich, mein Junge", der Großvater strich Tim, der jetzt die Balance verloren hatte und mit dem Hosenboden im Kiesbett saß, über den Kopf, „staunen ließen."

„Was ist ein Rotterich, Großvater? Lass dich doch nicht drängen." Tim zupfte dem Großvater aufgeregt an der Hose.

„Der alte Seemann erzählte mir, dassß der Rotterich für die Träume der Menschen verantwortlich sei. Jeder Mensch besitzt seinen eigenen Rotterich, der ihn sein Leben lang begleitet. Der Rotterich lebt im Inneren unserer Erde und selbst Glas, Beton oder Stahl sind für ihn kein Hindernis auf dem Weg zu uns."

Die Großmutter kam zum zweiten Mal an diesem Abend zu ihrem Mann und ihrem Enkel vor das Haus, um sie zum

Essen zu holen. Doch die beiden beachteten die Frau zu diesem Zeitpunkt nicht, denn sie waren zu sehr mit ihrer Traumgeschichte beschäftigt.

„Der Rotterich kommt mit seinem Traumbuch und seinem Weltendurchgangsschlüssel in der Nacht zu den Menschen. Er ist für uns unsichtbar – bis auf eine Ausnahme."

Hier legte der Großvater wieder eine Pause ein und kaute auf seinem Pfeifenstiel.

„Wenn er seinen Weltendurchgangsschlüssel vergisst, dann ist er auch für uns Menschen sichtbar. Soweit mir bekannt, ist das allerdings erst ein- oder zweimal vorgekommen. Zumindest weiß man deshalb aber, wie so ein Rotterich, unser ständiger Begleiter, aussieht."

„Wie denn?", hauchte Tim und rieb sich die Nase am Bein des Großvaters.

„Er soll einem Kürbiskopf ähneln, spindeldürre Arme und Beine haben. Auf dem Kopf finden sich faltenähnliche Wulste und seine Haut soll aus vielen verschiedenen Grüntönen bestehen und an Pergamentpapier erinnern."

„Und dieser Kerl soll also für unsere Träume verantwortlich

sein?" Aus Tims Worten klang jetzt eine Spur Skepsis.

„Ich kann es dir nur so erzählen, wie ich es selbst von dem Alten damals gehört habe", brummte der Großvater etwas unwillig.

„Ja, ist schon gut, ich glaube dir, doch du musst zugeben, die ganze Geschichte klingt ziemlich phantastisch", versuchte Tim einzulenken.

„Das haben Geschichten nun mal so an sich." Der Großvater kniff ärgerlich die Lippen zusammen.

„Aber es ist angenehm zu wissen, dass man nachts nicht allein ist. Das gefällt mir. Und ich würde schon gern die Bekanntschaft mit meinem Rotterich machen", verkündete Tim und sprang auf.

„Wenn du mal nicht eines Tages ins Grübeln kommst." Der Großvater räusperte sich und schob die Pfeife in seine Hosentasche.

„Ihr müsst alles sehen und anfassen können, dann glaubt ihr es. Doch es gibt viel mehr zwischen Himmel und Erde, als ihr euch vorstellen könnt", raunte der Großvater und schaute auf seine Fußspitzen.

„Großvater, das war eine ganz tolle Geschichte. Wirklich!" Tim puffte den Großvater in die Seite.

In diesem Moment betrat Pfännchen die steinige Auffahrt zum Haus und winkte in Tims Richtung.

„Kennst du Susanne, Großvater?", fragte Tim, obgleich er wußte, dass der Großvater natürlich das Mädchen kannte. Doch Tim wollte die Gelegenheit nutzen, den Großvater wieder etwas freundlicher zu stimmen. Pfännchen hüpfte die Einfahrt hoch und flötete in ihrer unnachahmlichen Art ein "Guten Abend", als sie vor der Bank stehen blieb und mit offenen Mund tief Luft holte, so dass Tim ihre blendend weißen Zähne sehen konnte, die in der oberen Reihe etwas weit auseinander standen.

„Hallo, Susanne", begrüßte der Großvater das Mädchen etwas kurz angebunden, bevor er sich erhob und in das Haus trottete.

„Was hat er denn?" sah Pfännchen Tim fragend an. Dieser zuckte die Achseln und winkte Pfännchen mit dem Zeigefinger zu sich.

„Das liegt am Rotterich", flüsterte Tim und grinste über das ganze Gesicht.

„Ich versteh nur Bahnhof, wer ist der Rotterich?"

Pfännchen zog sich das gelbe T-Shirt in die marineblauen, bis zu den Knien reichenden Jeans und fasste dann die blonden, schulterlangen Haare zu einem Pferdeschwanz, den sie gekonnt durch einen kleinen Gummiring stopfte.

„Auch du hast einen Rotterich", raunte Tim vielsagend.

„Ist das denn schlimm?" Pfännchens Stimme klang besorgt und über ihr rundes Gesicht huschte ein schiefes Lächeln.

Tim schlug sich vor Begeisterung auf die Schenkel. „Nö, ganz bestimmt nicht", prustete er los und hielt sich den Bauch vor Lachen.

Verständnislos schüttelte Pfännchen den Kopf. „Du machst dich über mich lustig."

Es dauerte eine Weile, bis sich Tim wieder beruhigt hatte. „Entschuldige, aber dein Gesicht." Tim winkte ab. „Der Großvater hat mir gerade etwas über unsere Träume erzählt. Aber lass uns rein gehen, sonst wird Großmutter böse und sie hat sich doch wieder so viel Mühe mit dem Essen gegeben."

Tim schob Pfännchen vor sich her in die Richtung der Eingangstür.

Die Großmutter brauchte Pfännchen nicht lange zu überreden die Rouladen und auch vom Rotkohl zu probieren. Nachdem sie das gewärmte Essen auf die Teller der Kinder gefüllt hatte, herrsche für einige Minuten Schweigen in der Küche. Nur das Geräusch, das durch die Gabeln und Messer verursacht wurde, wenn diese die Bissen auf den Tellern zusammenschoben, war zu hören. Zufrieden schaute die Großmutter, mit dem Rücken an den Herd gelehnt und sofort bereit, von den Kartoffeln, dem Kraut oder dem saftigen Fleisch nachzulegen, auf die stummen Esser. Nachdem Pfännchen ihre zweite Roulade ohne große Mühe verdrückt hatte und auch nach dem zweiten Schüsselchen Schokoladenpudding mit Sahne keine Anstalten machte, mit dem Essen aufzuhören, griff Tim ein, der schon längst mit seiner Portion fertig war.

Er erinnerte Pfännchen daran, dass sie sich heute Abend aus einem anderen Grund getroffen hatten.

Die Großmutter runzelte die Stirn, als Tim in diesem Zusammenhang auf die Wanduhr zeigte und die beiden Kinder ihren Platz am Küchentisch verließen. Pfännchen steckte noch einmal ihren Zeigefinger in das Puddingschälchen und leckte dann die letzten Reste der Süßspeise ab. Schulterzuckend und sich bei der Großmutter bedankend verließ sie die Küche, um Tim hoch in seine Kammer zu folgen.

Nur der Großvater schien von dem frühzeitigen Aufbruch der Kinder keine Notiz zu nehmen.

Tim und Pfännchen waren tatsächlich an diesem Abend spät dran. Bis zu ihrem Treffen im alten Hafen blieb ihnen gerade eine halbe Stunde.

Oben, unter dem Dach des alten Katens, wo es auch zu dieser Tageszeit noch drückend warm war, überlegten sie angestrengt, wie sie die Auseinandersetzung um ihre Burg erfolgreich führen könnten. Und ausgerechnet Pfännchen, die sich vom Essen erschöpft auf Tims Bett gelegt hatte und mit ihrer rechten Hand den Bauch massierte, hatte plötzlich einen Einfall.

„Wir wissen, dass Prügeln mit denen nichts bringt. Da sind sie zu stark." Pfännchen zuckte bedauernd die Schultern.

„Und mit ihnen reden, da habe ich auch so meine Zweifel. Die sind doch viel zu arrogant, wie die mir heute vorkamen."

Tim nickte zustimmend. Das war auch seine Ansicht. „Doch was bleibt dann?" Tims Gesicht drückte eine gewisse Hilflosigkeit aus.

„Warte ab, mir geht da gerade etwas durch den Kopf." Pfännchen setzte sich auf und rollte gedankenversunken Tims Kopfkissen zusammen.

„Wir müssen etwas finden, wo wir vielleicht besser sind als die." Tim knurrte zustimmend. „Was meinst du konkret?" fragte er und beobachtete, wie Pfännchen die Kissenrolle unter ihren Kopf schob.

„Na, überleg mal, wo liegen unsere Stärken? Wo könnten wir es mit denen aufnehmen?"

Während Pfännchen an die holzverkleidete Zimmerdecke starrte, sah Tim stirnrunzelnd aus dem Fenster. Ihm wollte in diesem Augenblick aber auch gar nichts einfallen. „Willst du 'ne Arbeit in Biologie schreiben lassen, oder in Mathe? Und wer die meisten Punkte hat, der bekommt die Burg." Tims Worte klangen unwillig.

„Ach, ich meine das ernst. Überleg doch mal, zum Beispiel sind wir einsame Spitze, wenn es ums Tauchen geht."

„Bis auf Locke", warf Tim ein.

„Zugegeben. Und wir sind ziemlich gut im Volleyball." Pfännchen schielte zu Tim, der auf seinem Stuhl hin und her rutschte.

„Na ja, aber wie die gebaut sind, die haben da bestimmt auch etwas auf dem Kasten", warf Tim ein, doch im Innersten konnte er sich mit Pfännchens Überlegungen durchaus anfreunden.

„Das Risiko müssen wir eingehen", schniefte Pfännchen und schob die Hände unter ihren Kopf. "Aber es ist eine Chance für uns. Beim Volleyball kommt es auf einen guten Teamgeist an. Es ist wichtig, wie eingespielt eine Mannschaft ist. Und da sind wir im Vorteil."

„Gehen wir einmal davon aus, wir fordern die anderen zum Match. Der Gewinner bekommt ohne Einschränkungen die Burg. Bleibt nur die Frage, ob sie auf so einen Vorschlag überhaupt eingehen. Warum sollten sie es? Sie sitzen sowieso in unserer Burg." Tim sah gespannt zu Pfännchen.

„Daran habe ich auch schon gedacht", murmelte sie. „Aber wenn wir an ihren Sportsgeist appellieren, sie vielleicht sogar mit unserer Herausforderung etwas provozieren, dann können sie gar nicht anders als auf unseren Vorschlag einzugehen."

Tim nickte anerkennend und verschränkte seine Arme vor der Brust. „Und du meinst wirklich, wir haben gegen die im Spiel eine Chance?"

„Davon bin ich fest überzeugt", sagte Pfännchen und sprang so flink vom Bett, wie man es ihr bei den runden Körperformen gar nicht zugetraut hätte.

„Lass uns noch rasch den Brief aufsetzen." Pfännchen suchte nach einem Stift auf dem alten Sekretär, der vor dem Kammerfenster stand und wo sich im Laufe der Jahre allerlei Zeug angesammelt hatte. Früher hatte Tim auf Drängen der Großmutter ab und an eine Ansichtskarte nach Hause geschrieben, die letzte vielleicht vor zwei Jahren.

„Was für einen Brief willst du denn jetzt schreiben?" Verständnislos beobachtete Tim die erfolglose Suche seiner Freundin nach einem Schreibgerät.

„Na, wir müssen die anderen doch zum Match fordern, oder

willst du mit ihnen sprechen? Ich jedenfalls nicht. Vielleicht ja Locke, aber ich schreibe ihnen lieber."

„Okay, ist schon gut, ich habe verstanden", brummte Tim und zog eins der zahlreichen Schubfächer auf, um nach einem Stift zu sehen. Nachdem er eine Handvoll Muscheln und Donnerkeile aus dem Schubfach genommen und diese auf das Fensterbrett neben den großen Hühnergott gelegt hatte, fischte er einen blauen Kugelschreiber hervor und reichte ihn Pfännchen.

„Ich hoffe, er schreibt noch", murmelte Tim und schob das Schubfach wieder zu. Pfännchen, die in der Zwischenzeit auf dem uralten Drehhocker neben dem Sekretär Platz genommen hatte, forderte Tim auf, mit seinem Stuhl beiseite zu rücken. Sie selbst zog den Hocker vor die Schreibfläche, stützte ihre Arme auf und sah Tim mit großen Augen von der Seite an. Als dieser nicht reagierte, seufzte sie und holte tief Luft: „Vielleicht brauche ich auch noch einen Bogen Papier."

Das Verhalten Pfännchens entlockte Tim ein Grinsen und wortlos fingerte er ein loses Blatt Papier aus der untersten Schublade.

„Na also, es geht doch", zeigte sich Pfännchen zufrieden. „Wie wollen wir beginnen?"

Es dauerte noch eine Weile, bis Tim und Pfännchen den Text mit der Herausforderung an die Burgbesetzer formuliert hatten. Um kurz nach neun las Pfännchen die endgültige Fassung noch einmal vor:

„An die Burgbesetzer, ihr von auswärts! Wir, Susanne, Paula, Ruhne, Sven und Tim, die seit Jahren nach Behrenshoop kommen bzw. sogar hier leben!!" – Auf diesen Ausrufezeichen hatte Pfännchen bestanden. – *"fordern euch auf, unsere Burg zu verlassen. Es ist unsere Burg und wir sind im Recht. Für den Fall, dass ihr, aus welchen Gründen auch immer, die Burg nicht verlassen könnt oder wollt, machen wir euch folgenden Vorschlag."*

An dieser Stelle stoppte Pfännchen und schaute zu Tim. Der nickte zustimmend und auch Pfännchen schien mit der Formulierung zufrieden und las weiter:

„Wir, also Susanne, Paula, Sven, Ruhne und Tim, fordern euch zum sportlichen Wettstreit heraus und schlagen ein Volleyballspiel fünf gegen fünf vor. Der Gewinner darf die Burg für den

Rest der Sommerferien uneingeschränkt benutzen. Wir wissen, dass unsere Chance sehr klein ist, doch wir stellen uns dem Kampf. Wenn ihr keine Schlappschwänze seid", Tim schmunzelte an dieser Stelle, während Pfännchen unbeeindruckt weiterlas, *„dann stellt ihr euch! Wir sind überzeugt, dass das ein faires Angebot ist und erwarten eure Antwort bis morgen. Als Termin schlagen wir den kommenden Sonntag, also heute in drei Tagen, um zehn Uhr vor. Wir treffen uns dann unten am Strand. Netz und Ball bringen wir mit, ihr braucht nur zu spielen. Oder habt ihr Angst, dass ihr verlieren könntet?"*

Als Zusatz hatte Pfännchen unter ihre Unterschriften noch den Satz *"Der Bessere soll gewinnen!"* geschrieben.

Tim griff nach dem beschriebenen Blatt Papier, überflog den Inhalt noch einmal, bevor er es fein säuberlich zusammenfaltete.

„Das müssen die aber heute noch bekommen", stellte er fest und schob das Schriftstück in seine Hosentasche.

Mit einer viertel Stunde Verspätung trafen Pfännchen und Tim am ausgemachten Treffpunkt ein, wo die Freunde schon warteten.

Tim
und seine Freunde
treffen sich am Hafen

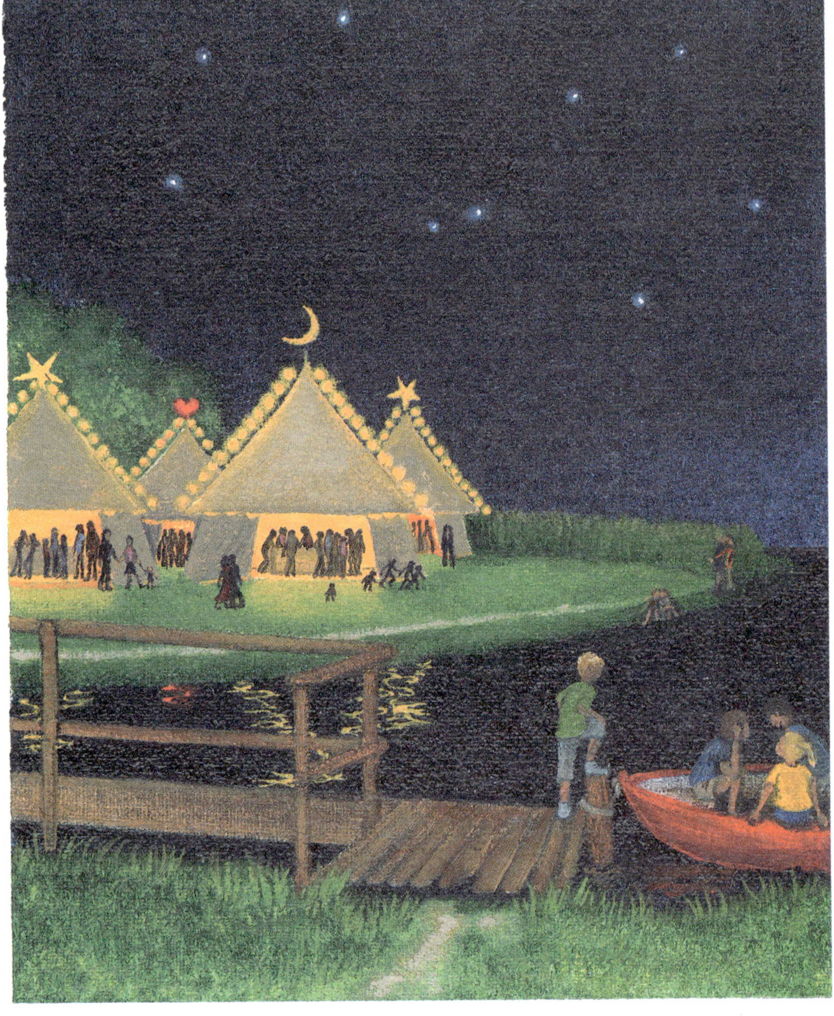

Unten am alten Hafen, in dem schon seit je her die Fischerboote der Einheimischen und in den Ferienmonaten auch die Segeljachten und schnittigen Motorboote der Urlaubsgäste vor Anker lagen, herrschte reges Treiben. Im Sommer wurde in und um Behrenshoop herum fast an jedem Tag gefeiert. Tim kannte es gar nicht anders. Irgendwo spielte immer eine Musik, wurden Würstchen und Getränke verkauft. An diesem Donnerstagabend schallten die dröhnenden Bässe eines Tim unbekannten Musiktitels aus den runden Lautsprechern, die auf einem bedenklich schaukelnden Brettertisch unter einer Zeltplane aufgebaut waren. Hinter dem Tisch postierte ein hagerer, getrieben wirkender Mann, dessen Alter von den Kindern schwer zu schätzen war, etliche Gartenzwerge aus Gips vor sich.

Die Gartenzwerge hatten die Gesichter bekannter Sportler und auch einige Politikergesichter wie das des alten Kanzlers erkannte Tim, als er Pfännchen im Vorbeigehen auf die Zwerge aufmerksam machte.

„Ob der wohl heute welche verkaufen wird?" Tim grinste und zuckte gleichzeitig die Schultern.

Während vor dem Zwergenzelt gähnende Leere herrschte, tummelten sich die erlebnishungrigen Urlauber vor den fröhlicher anzuschauenden, lampionerhellten Buden, aus denen Bier und Würstchen gereicht wurden. Sie standen in einzelnen Grüppchen zusammen oder hatten es sich am linken Hafenufer, dort, wo das trockene Gras bis in das Boddenwasser reichte und somit eine ideale Sitzgelegenheit bot, bequem gemacht.

Der Geruch des abgestandenen Boddenwassers, vermengt mit dem säuerlichen Geruch des Bieres und des heißen Bratenfettes, hatte sich über das gesamte Hafengelände gelegt. Wie eine zähe Masse wurde diese Geruchsdecke bei jedem Bass, der aus dem Zwergenzelt herausgeschleudert wurde, getroffen und schien ähnlich einer unsichtbaren Götterspeise zu wabern.

„Das ist ja ekelhaft", fand Pfännchen und verzog angewidert die Mundwinkel. „Früher ging das gesitteter zu."

„Wer sagt das, deine Mutter?" Tim schaute Pfännchen etwas spöttisch von der Seite an.

„Was stört dich daran, dass die Leute Würstchen essen und Bier trinken? Ich finde das nicht schlimm. Lass sie doch."

Tim und Pfännchen konnten ihren kleinen Disput allerdings nicht beenden, da sie in diesem Augenblick die schon wartenden Freunde erreicht hatten.

Noch während Pfännchen, Locke und die drei Jungen in das angeleinte Ruderboot einstiegen, berichteten Ruhne und Sven über das Ergebnis ihrer Beobachtung.

Tatsächlich hatte Pfännchen recht. Botel und seine Freunde liefen schnurstracks vom Strand in Richtung Ortsausgang. Dort waren in den vergangenen Jahren eine Reihe von Ferienhäusern auf ziemlich kleinen Grundstücken gebaut worden. Botel, der Junge mit dem Ring im Ohr und der, den sie Rocky nannten, verschwanden in dem Haus mit der Nummer 2. „Doktor Dummer" war auf dem Namensschild zu lesen, kicherte Sven.

„Das Fuchsgesicht musste noch zwei Grundstücke weiter." Ruhne tippte Sven gegen die Stirn und schüttelte den Kopf.

„Und habt ihr sonst irgendetwas mitbekommen?" fragte Tim, der sich neben Locke gesetzt hatte, und sah Ruhne erwartungsvoll an.

„Eigentlich nicht. Natürlich haben die vier sich auf dem Nachhauseweg unterhalten. Aber wir konnten ja nicht so nah an sie ran, sonst hätten sie uns womöglich noch bemerkt." Fast entschuldigend klangen Ruhnes Worte. „Aber eins ist uns doch noch aufgefallen", Sven schielte zu Ruhne rüber.

„Ach ja, auf dem Grundstück von dem Doktor Dummer stand ein Audi mit der Nummer für Hamburg." Ruhne nickte dankbar in Svens Richtung.

„Übrigens war es ein Audi A6", ergänzte Sven die Ausführungen seines Freundes.

Pfännchen rollte bei dieser Bemerkung für alle sichtbar die Augen.

„Geschenkt", murmelte sie. Tim allerdings schien mit den ersten Ergebnissen zufrieden.

„Gut", befand er, „zumindest wissen wir, woher sie kommen und wo wir den Brief abgeben müssen."

„Welchen Brief?" fragte Locke interessiert und stieß dabei Tim in die Seite.

„Das erzähl ich euch gleich. Hast du denn etwas im Ort über die Ganoven erfahren?"

„Na ja, viel ist es nicht", druckste Locke herum.

„Meine Tante hatte gar keine Info für mich. Da bin ich noch kurz rüber in die Eisdiele. Dort entdeckte ich Conny, ihr kennt sie doch, die Mutter arbeitet in dem kleinen Friseursalon gegenüber der Blauen Stube."

Locke fummelte in ihrer Hosentasche und zog einen ziemlich zerknüllten Zettel hervor, den sie auf den rechten Oberschenkel legte und mit den Fingern glattzustreichen versuchte.

„Ich musste ja einen Eisbecher bestellen, um mit Conny ins Gespräch zu kommen und nicht aufzufallen." Locke schob mit gesenkten Blick Tim den knittrigen Zettel zu.

„Was ist das denn?" wunderte der sich. „Vier EURO fünfzig", staunte er und reichte die Rechnung weiter an Ruhne und Sven.

„Weißt du was? Locke ist gar nicht auf den Kopf gefallen. Die will von uns das Geld wieder haben."

„Spesen nennt man das", unterbrach Locke den Freund.

„Spesen oder nicht Spesen. Du spinnst wohl. Sollen wir für dich sammeln, oder wie stellst du dir das vor?"

Tim schien aufgebracht. Wütend knüllte er das Stück Papier zusammen und warf es in großem Bogen in Richtung des nächst gelegenen Papierkorbs.

„Ich fass es nicht", schüttelte er den Kopf, während Ruhne und Sven grinsten.

„Aber wenn man Ausgaben hat", schmollte Locke.

„Ich will davon nichts mehr hören. Aus. Hast du nun etwas erfahren oder nicht?" zischte Tim ärgerlich.

Locke berichtete den Freunden, dass Conny ihr erzählt habe, der Schwarzhaarige, den sie Botel nannten, und das Fuchsgesicht, das eigentlich Frank Bollermann hieß, seien schon im vergangen Sommer in Behrenshoop gewesen.

Allerdings kannte Conny die beiden nicht persönlich, hielt sie jedoch für ziemliche Angeber. „Freunde im Ort haben sie jedenfalls nicht", schloss Locke ihren Bericht und holte tief Luft.

„Danke", sagte Tim betont förmlich. „Hat einer noch Fragen an Locke?"

Doch weder Pfännchen noch Sven oder Ruhne fiel zu den Ausführungen von Locke etwas ein.

In der Zwischenzeit hatte die Nacht ihren samtenen Mantel über das Land geworfen.

Auf dem Boddenwasser spiegelten sich verloren die farbig glänzenden Reflexe der Lampions und oben am Firmament funkelten die Sterne wie seit Jahrtausenden. Der August war ein guter Monat, um erfolgreich nach Sternschnuppen Ausschau zu halten.

Doch danach stand den Freunden im Boot von Tims Großvater an diesem Abend nicht der Sinn. Überdeckt von dem anschwellenden Geräuschpegel aus sich überschlagenden Stimmen und der hämmernden Musik, die aus der Richtung der Buden zu ihnen drang, zeigte Tim den Freunden den Brief und erklärte ihnen Pfännchens Idee.

Auch Sven, Ruhne und Locke freundeten sich sofort mit dem Vorschlag an. „Dann sind wir uns ja einig", freute sich Tim. „Ab morgen müssen wir aber hart trainieren, um eine

Chance zu haben." Ruhne, der beste Volleyballspieler der fünf, fuhr sich mit der Hand durch seine rotblonden Haare. „Und es wäre sicherlich besser, wenn wir nicht am Strand spielen, sondern an irgendeinem Ort, wo die anderen uns nicht beobachten können."

„Ruhne hat völlig recht. Wo könnten wir uns vorbereiten?" Tim blickte in die kleine Runde, in der die Gesichter zu dieser Stunde nur noch schemenhaft zu erkennen waren.

„Wie wäre es, du fragst deine Großeltern, ob wir auf eurer Einfahrt trainieren könnten?" Pfännchen schielte zu Tim.

„Platz genug hätten wir dort", ergänzte Ruhne.

„Bloß bei dem Kies müssen wir sehr vorsichtig sein", warf Locke ein.

Tim blieb einen Moment stumm, bevor er zustimmend nickte. „Ich frage den Großvater. Wenn er nichts dagegen hat, dann trainieren wir auf der Auffahrt. Jedenfalls treffen wir uns morgen bei mir. Ruhne bringt das Netz mit."

„So gegen elf Uhr?" fragte Locke und fügte noch an, dass sie für das entscheidende Spiel am Sonntag unbedingt einen Schiedsrichter brauchten.

Die Freunde einigten sich darauf, am nächsten Tag um neun Uhr mit dem Training zu beginnen. Zu dieser Tageszeit sind die Temperaturen noch erträglich. Mit der Entscheidung war auch klar, dass sie nicht in aller Herrgottsfrüh aufstehen mussten, um die ersten unten am Strand zu sein. Allerdings war neun Uhr zumindest für Locke wohl ein ziemlich zeitiger Termin, wie ihr gequältes Lächeln bei der Abstimmung zeigte.

Sie war allerdings sofort damit einverstanden, den Brief heute Abend bei Botel abzugeben, und versprach auch Tim, möglichst heute noch auf einer Antwort zu bestehen.

„Über einen Schiedsrichter mach ich mir in den nächsten Tag Gedanken, das hat Zeit", sagte Tim, als er Locke den Brief überreichte.

„Aber ich habe doch recht?" säuselte diese und griff den Brief mit beiden Händen, so als würde es sich um eine Ehrenurkunde des Bürgermeisters von Behrenshoop handeln.

Tim nickte ziemlich genervt und deutete den anderen an, nach ihm das Boot zu verlassen. Während die Freunde, einer nach dem anderen, zuletzt reichten Ruhne und Tim

Pfännchen hilfreich die Hände; aus dem bedenklich schaukelnden Boot stiegen, spritzte an anderer Stelle des Hafens geräuschvoll das Boddenwasser auf. Die fünf Freunde konnten zwar nicht erkennen, wo da jemand ins Wasser gesprungen war, doch das damit verbundene Stimmengewirr drang aus Richtung der Bootshäuser hinten am Ende des Stegs zu ihnen rüber.

„Die sind verrückt. Nachts im Bodden zu baden." Sven starrte wie die anderen auch in die Richtung, von wo das Geräusch herkam. In diesem Moment sprang noch jemand in das abgestandene Hafenwasser.

„Das sind doch wieder solche Angeber, die keine Ahnung haben. Im Bodden zu dieser Zeit baden. Die denken, das ist wie in der Ostsee", regte sich Sven weiter auf.

„Hier geht es ja noch, aber meist setzen sie sich besoffen, wie sie sind, in irgendein Boot und rudern aufs offene Wasser", ergänzte Ruhne stirnrunzelnd." Und das ist schon oft genug schief gegangen."

Locke schüttelte vorwurfsvoll den Kopf. Das Geräusch, das ihre Aufmerksamkeit in Anspruch nahm, wuchs zu einem unangenehmen lauten Gegröle an.

„Kommt jetzt, denen ist sowieso nicht zu helfen." Tim war einige Schritte voraus gegangen, um im fahlen Neonlicht der einzigen Straßenlaterne nachzusehen, wie spät es sei.

Die warme Sommernacht legte sich wie ein kuscheliges Betttuch über das Land. Die meisten Menschen saßen um diese Uhrzeit noch draußen vor ihren Häusern, in irgendeinem Straßencafé oder wie hier am Hafen bei einem der unzähligen Feste.

Sie waren fröhlich und zufrieden, sie lachten und freuten sich und genossen das sonst häufig beschwerliche Leben. Es ging zu wie in der Natur; der Mensch war erblüht und zeigte sich in dieser Jahreszeit von seiner angenehmsten Seite. Auch die Kinder, die ja Ferien hatten, brauchten in diesen Wochen nicht so früh in die Betten, schon gar nicht, wenn sie bei den Großeltern oder einer Tante die Ferien verbrachten oder wie Ruhne mit den Eltern ein entsprechendes Ferienzeitabkommen geschlossen hatten. Sven hatte das nach Ruhnes Vorbild auch versucht, doch sein Vater ließ nicht mit sich reden. Zum Glück für Sven war sein Vater von

Montag Abend bis Freitag auf Montage und Svens Mutter drückte dann schon mal ein Auge zu, wenn ihr Sohn später als 22.00 Uhr nach Haus kam.

Und heute war erst Donnerstag. „Es ist jetzt kurz nach zehn", Tim kratzte sich mit den Fingern auf seinem Schädel. Die anderen hatten zu ihm aufgeschlossen und bildeten einen zum Hafen hin offenen Halbkreis. „Was meint ihr? Wollen wir nicht noch etwas unternehmen?"

Gespannt blickte Tim in die matt beleuchteten Gesichter der Freunde. „Ich mach mich auf den Weg. Der Brief soll ja heute noch ankommen. Wer weiß, wie lange ich auf eine Antwort von Botel, wenn er überhaupt zu Hause ist, warten muss. Vielleicht muss ich ihn ja noch irgendwo suchen." Locke lächelte zufrieden und verabschiedete sich von den Freunden. Ruhne bot ihr an, sie zu begleiten. Doch Locke winkte ab. „Das mach ich alleine."

Als Locke schon einige Meter weit weg war und fast die ersten Buden am Hafenbecken erreicht hatte, rief Pfännchen ihr noch hinterher, sie solle doch daran denken, dass sie keine Spesen abrechnen könne.

Die Kinder kicherten, während Locke, die die Bemerkung Pfännchens anscheinend nicht mehr gehört hatte oder zumindest so tat, als habe sie die Stichelei nicht mitbekommen, in der Menschenmenge verschwand.

„Wollen wir nicht noch zur Eisdiele? Dort spielen heute Abend die ‚Kids'". Sven schaute die Freunde erwartungsvoll an. Doch keiner der anderen konnte sich für diesen Vorschlag begeistern.

„Ich weiß nicht, da wird wieder ein Trubel sein", maulte Pfännchen. „So richtige Lust habe ich heute auch nicht", erwiderte Ruhne etwas verlegen den Blick von Sven.

„Was sagt ihr dazu, wenn wir heute Abend noch für eine Stunde runter an den Strand zum Nachttauchen gehen?" Tim grinste einnehmend und stieß Pfännchen mit dem Zeigefinger gegen die Stirn. „Komm, gib dir einen Ruck. Mach nicht so ein miesepetriges Gesicht."

Pfännchen musste lächeln. Ruhne und Sven nickten zustimmend, während Pfännchen noch unschlüssig auf der Unterlippe kaute.

„Na gut, warum nicht. Immer noch besser, als hier rumzuhängen." Pfännchen deutete mit dem Daumen in die Richtung des Hafenfestes, von wo der Lärm bis zu ihnen drang.

„Das seh ich auch so." Tim zeigte eine abwinkende Handbewegung und schlug vor, sofort nach Hause zu laufen, um die Tauchersachen zu holen.

„Wenn wir schnell machen, dann können wir uns in einer viertel Stunde oben an der Treppe treffen."

Pfännchen war da allerdings etwas skeptisch: „Wenn ich nicht pünktlich am Steilufer bin, braucht ihr nicht auf mich zu warten. Ich komm dann schon zu euch an den Strand", meinte sie und machte sich auf den Weg nach Hause.

„Und vergiss Deine Lampe nicht!" Ruhne gab Sven einen Klaps auf die Schulter und verabschiedete sich als nächster.

„Fünfzehn Minuten, das schaff ich locker", rief er Tim und Sven noch zu.

Diese sahen sich wortlos an und verließen als letzte den Hafen. Hundert Meter trabten sie nebeneinander her, bis Sven nach rechts abbog und den Weg über den kleinen Deich als Abkürzung wählte.

Tim brauchte keine drei Minuten, dann war er vor dem Katen der Großeltern und schlich sich auf Zehenspitzen ins Haus. Mit traumwandlerischer Sicherheit griff er Taucherbrille, Schnorchel und Flossen, die er vorsorglich in der Diele abgelegt hatte, und suchte im Dunkeln nach der Taschenlampe. Tim bemühte sich leise zu sein. Nicht, dass die Großeltern ihm verbieten würden, um diese Zeit noch einmal loszuziehen, nein, vielmehr verspürte Tim keine große Lust, eventuelle Fragen zu beantworten. Er hatte es eilig und wollte pünktlich am Treffpunkt sein.

„Ach, da bist du", flüsterte Tim, als er die Lampe zu fassen bekam, die hinter die Schirmablage gerutscht war. Stolz wog er sie in der Hand. Er war der einzige der Freunde, der eine echte Taucherlampe besaß. Die anderen hatten sich mit mehr oder weniger Geschick eine Taschenlampe so präpariert, dass diese dann auch unter Wasser funktionierte.

Tim lauschte noch einmal an der Küchentür, unter der ein matter Lichtschein in die Diele drang. Doch außer dem monotonen Geräusch der Uhr konnte er nichts Auffälliges ausmachen. In Windeseile zog er sich noch seine Badehose an und ließ dann die Haustür geräuschlos von außen zuklinken.

Mit der dreizackigen Harpune, die der Großvater ihm vor zwei Jahren geschenkt hatte, und den anderen Sachen, die er zum Tauchen brauchte, machte Tim sich auf den Weg zum Hohen Ufer.

Nicht auf jedem Abschnitt war dieser Weg, den Tim mit verbundenen Augen entlang laufen konnte, ohne sein Ziel zu verfehlen, in der Nacht gut ausgeleuchtet. Besonders der Sandweg hoch zur Steilküste lag im Dunkeln und Tim musste sein Tempo drosseln. Obwohl er sich dennoch beeilte, war er nicht der erste. Ruhne saß schon auf der Bank, die neben der Treppe stand, und leuchtete Tim an, als dieser auftauchte.

„Lass das", brummte dieser unwillig und hielt seinen Arm schützend vor das Gesicht.

Fünf Minuten später trudelte Sven ein, und als die drei Freunde unten am Strand sich ihrer Schuhe entledigten und die ersten Schritte durch den immer noch angenehm warmen Ostseesand in Richtung ihrer Burg gingen, hörten sie, wie jemand kurzatmig und keuchend, dabei laut polternd die Treppe runter kam. Sie schauten sich um und sahen einen pummligen Schatten von der vorletzten Stufe in den Sand springen.

„Pfännchen", meinten die Jungen einstimmig und lachten glucksend auf. Pfännchen brauchte einige Minuten, um sich auszuruhen, dann setzten die vier den Weg gemeinsam fort. Gegen ihre sonstige Gewohnheit legten die Kinder ihre Sachen nicht vor der Burg ab. Als hätten sie sich abgesprochen, gingen sie an der Burg vorbei und suchten auf dem steinigen Grund etwa einhundert Meter entfernt eine Stelle, um von dort ins Meer zu steigen.

Tim
macht eine aufregende Entdeckung

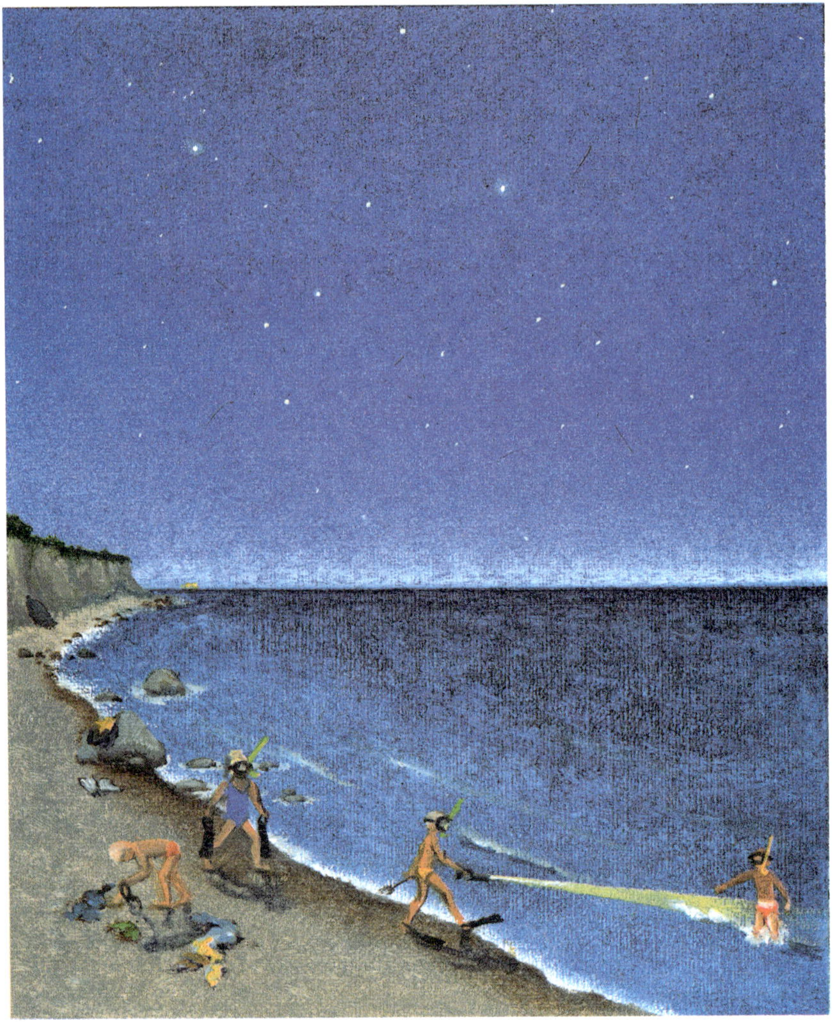

So weit draußen am Strand, zwischen mächtigen, von der See abgeschliffenen Felsbrocken und den bis ins Wasser reichenden Tonadern des Steilufers, hatten Tim und seine Freunde bisher noch nie einen Platz gesucht, um in die Ostsee zu steigen.

Monoton und gleichzeitig sanft schlugen die kleinen Wellen auf den Strand. Zwischen unzähligen Steinen verlor sich das salzige Wasser und wurde, wie von einem großen Magneten angezogen, in das Meer zurückgespült. Kleine Schaumbläschen bildeten bis zur nächsten Welle ein zartes und vergängliches Netz zwischen den feuchten Steinen, die als erste von den Ostseewellen in regelmäßiger Folge überspült wurden.

Der Wind hatte zu dieser Stunde nur unwesentlich aufgefrischt. Kein Vergleich zur vergangenen Nacht, wie Tim feststellte, als er Hose, Shirt und Schuhe auf einen der mächtigen Steine legte.

Das Steilufer warf im kalten Licht des Mondes und der Sterne einen scharfen Schatten auf den Strand, und Pfännchen bemerkte mit dünner Stimme, dass sie hierher auf gar keinen Fall allein und zu dieser Zeit gehen würde.

„Es ist ziemlich gruselig", schüttelte sie sich und griff nach ihrer Lampe, die in eine durchsichtige Folie gewickelt war.

„Natürlich ist es schon etwas Besonderes, um diese Zeit am Strand zu sein und dann noch zu tauchen." Ruhne lächelte und schöpfte mit seiner Taucherbrille etwas Wasser." Aber das ist doch gerade das Spannende!"

Ruhne ließ das Wasser in der Brille mit einer gekonnten Handbewegung kreisen und spuckte dann auf die Innenseite des Glases.

Das machte er immer so und war fest davon überzeugt, dass er dadurch länger eine klare Sicht unter Wasser behalten würde, weil das Glas dann nicht so schnell anlief.

„Ich finde es auch unheimlich aufregend, in der Nacht ins Wasser zu steigen", verkündete Tim, doch seine Worte wurden teilweise wie von einem unsichtbaren Schwamm durch das Meer aufgesogen, so dass Pfännchen ihn nicht verstand und nur mit großen Augen ansah.

„Wenn du dich jetzt sehen könntest!" Tim zeigte auf Pfännchen und stieß Sven an, der gerade seinen Schnorchel in den

Gummi der Taucherbrille schob. „Gespenstischer geht es gar nicht."

Tim tat so, als fürchte er sich, und auch Sven hüpfte bibbernd um Pfännchen herum, wobei er mehrere Klagelaute ausstieß. Tatsächlich erschien Pfännchens rundes Gesicht mit den hochgesteckten Haaren, der aufgesetzten Taucherbrille und mit dem weit abstehenden Schnorchel wie eine furchterregende Maske im matten Licht des Mondes.

„Ihr spinnt ja", brubbelte Pfännchen, nachdem sie das Mundstück des Schnorchels ausgespuckt hatte.

„Können wir?" Ruhne stand mit den Schwimmflossen in der Hand schon bis zu den Knien im Wasser.

„Ich schlage vor, wir bleiben heute näher zusammen als sonst." Ruhne reichte Pfännchen, die vorsichtig einen Schritt vor den anderen setzte und auf einmal bedenklich schaukelte, die freie Hand.

„Komm schon, hier bei mir ist der Grund sandig, da kannst du gut stehen." Mit der Hilfe von Ruhne fand Pfännchen ihr Gleichgewicht schnell wieder. Als sie neben Ruhne stand, ließ sie sich sanft in die Fluten der Ostsee gleiten. So saß sie jetzt neben dem Freund im silbrig schimmernden Wasser, das sie bis zum Hals umspülte, und schaute auf den Strand. Auch Sven und Tim hatten sich in der Zwischenzeit auf den Weg ins feuchte Naß gemacht.

„Wir sollten nicht weiter als bis zur zweiten Sandbank tauchen. Die linke Begrenzung ist der mächtige Brocken dort hinten", Ruhne deutete mit dem Kopf in die Richtung, in der etwa zwanzig Meter vom Strand entfernt ein riesiger Felsbrocken einen weiten Schatten auf die Wasseroberfläche warf.

„Und rechts können wir als Begrenzung unsere Burg wählen. Die ist auch aus der Entfernung noch gut auszumachen."

Sven und Tim nickten zustimmend und auch Pfännchen hatte gegen die Eingrenzung ihres nächtlichen Tauchgebietes nichts einzuwenden. Sie war zwar eine hervorragende Schwimmerin und konnte auch sehr gut tauchen, doch der nächtliche Aufenthalt im Meer war nicht ganz nach ihrem Geschmack. Andererseits hatte sie zugestimmt und wollte keinen Rückzieher machen. So beschloss Pfännchen, sich in dieser Nacht unter Wasser in der Nähe von Ruhne aufzuhalten. Obwohl Ruhne ein Jahr jünger als die anderen war, galt er unter den Freunden als besonnen und umsichtig. Nachdem auch Sven und zuletzt Tim die Taucherbrille aufgesetzt hatten, hockten sie sich zu Pfännchen, um ihre Flossen überzustreifen. Dann waren alle bereit. Mit der flachen Hand klatschten sie sich ab. Einer nach dem anderen, an der Spitze Ruhne, gefolgt von Pfännchen, Tim und Sven, drehte sich auf den Bauch, um in das tiefere Wasser der Ostsee zu schwimmen. Nach einigen kräftigen Armzügen hatten die vier Freunde ein Gebiet erreicht, in dem sie ohne Probleme abtauchen konnten.

Als erster tauchte Tim unter. Der matte Schein seiner Lampe durchdrang das klare Wasser, so dass er bis zu zwei Meter Entfernung sehen konnte. Alles, was außerhalb dieses Lichtkegels war, wurde wie von einer schwarzen Wand verschluckt.

Nur wenige Armzüge später tauchten auch Sven und Ruhne in die Tiefe. Der Lichtschein ihrer Lampen war wesentlich dünner als der von Tims Original-Taucherlampe. Zuletzt tauchte Pfännchen, bemüht, in der Nähe von Ruhne zu bleiben.

In den folgenden Minuten bewegten sich die Freunde dicht

unter Wasser und in einem Abstand von jeweils etwa fünf Metern voneinander entfernt auf die Sandbank zu.

Nur ihre Schnorchel waren auf der glitzernden Oberfläche des Meeres auszumachen. Ab und zu tauchte einer der vier in die Tiefe. Kurz spritzte das Wasser vom Schlag der Flossen auf, dann verliefen sich die unruhigen Wellen kreisförmig in der Weite der Ostsee.

Ruhne blieb meist am längsten unter Wasser. Ein kräftiger Atemstoß, der das Salzwasser aus dem Schnorchel stieß, zeigte an, dass der jeweilige Taucher wieder Luft schöpfen konnte.

Es war eine gespenstische Atmosphäre zu dieser Zeit, eine Stunde vor Mitternacht, weit draußen am Weststrand der Ostsee.

In der Stille der Nacht, nur begleitet von dem ständigen Rauschen der See, wirkte das gequälte Geräusch, das ab und an aus einem der vier Schnorchel drang, und das Aufschlagen der Schwimmflossen, wenn einer der Freunde untertauchte, beängstigend und geheimnisvoll.

Hätte einer der Urlauber aus der Entfernung der Steilküste

oder in Höhe des Strandes diese Beobachtung gemacht, hätte er sie bestimmt fehlgedeutet und am morgigen Tag wäre mit Sicherheit vom Auftauchen von Walen oder Delphinen in unmittelbarer Küstennähe oder von einem mehrköpfigen Seeungeheuer, das die Badenden bedrohte, die Rede gewesen. Die Phantasie der Menschen kannte in dieser Hinsicht kaum Grenzen, die der Zeitungsschreiber gar keine.

Pfännchen und die drei Jungen hatten nach knapp einer viertel Stunde die zweite Sandbank erreicht. Wie immer legten sie eine kurze Pause ein, um tief durchzuatmen und sich etwas auszuruhen.

Das Ufer war nur als dunkles Band in der Entfernung zu erkennen und Ruhne bemerkte, dass er das Gefühl gehabt hatte, als ob dieser Abschnitt der Sandbank weiter draußen liege.

„Mir geht es genauso", bestätigte Tim, nach Luft ringend, die Vermutung des Freundes.

„Wahrscheinlich macht die Sandbank an dieser Stelle einen Bogen in die offene See und verliert sich dann irgendwann."

„Hier sind wir ja auch noch nie ins Wasser gestiegen", bemerkte Pfännchen und rückte ihre Taucherbrille zurecht.

„Na, dann wollen wir mal sehen, was uns hier erwartet."
Ruhne biß auf das Mundstück des Schnorchels und winkte in die Richtung der Freunde, bevor er mit kraftvoller Beinarbeit abtauchte.

Pfännchen beeilte sich, ihm zu folgen. Mit der eingeschalteten Lampe schwamm sie im Sog von Ruhne und spürte die unzähligen, aufgewirbelten Luftbläschen an ihrem Körper.

Tim verständigte sich mit Sven und tauchte als nächster unter.

Der Lichtstrahl seiner Lampe tastete den steinlosen Grund der Sandbank ab, wo hin und wieder ein aufgescheuchter Krebs verstört ein neues Versteck suchte und sich blitzschnell im Sand vergrub. Einzelne Seenadeln, die bei Tageslicht sehr behende Schwimmer sind, standen unschlüssig im matten Licht der Lampe, bis sie aufgeschreckt durch eine Handbewegung Tims das Weite suchten.

Nach nur wenigen Armzügen hatte Tim die Sandbank hinter sich gelassen. Der Meeresboden fiel hier plötzlich steil ab, und in etwa drei Meter Tiefe lagen unzählige Steine, große und kleine, scharfe und geschliffene, glatte und bewachsene. Zwischen den Steinen tanzten die grünen und braunen Algen im Sog des Meeres. Vereinzelt blinkten die weißen Schalen der Muscheln, doch Tim suchte nach den bräunlichen, zum Ende spitz zulaufenden Donnerkeilen und den regelmäßig gezeichneten Seeigeln. Sie waren die gefragtesten Souvenirs, und nur die konnten Tim und seine Freunde mit Gewinn an die Urlauber verkaufen. Glaubte er, eins dieser begehrten Objekte entdeckt zu haben, hielt er die Luft an und bewegte sich mit kräftigen Beinschlägen in die Richtung des Meeresbodens.

Häufig tauchte er vergebens, doch so schlecht war seine Trefferquote im Vergleich zu den anderen nicht.

Tim hatte sich nicht sehr weit von der Sandbank weg in Richtung des offenen Meeres bewegt, als der Lichtkegel plötzlich nicht mehr den steinigen Grund erfaßte.

Er wunderte sich, schwamm einige Meter nach links, dann wieder nach rechts und zurück zur Sandbank.

Es hatte den Anschein, als ob der Meeresboden nach nur wenigen Metern weiter steil abfallen würde. Das war ungewöhnlich. An den Stellen, wo sie sonst tauchten, nahm die

Tiefe des Meeres über die Länge von bestimmt fünfzig Metern nicht mehr als ein, maximal anderthalb Meter zu. Und hier stürzte der steinige Grund plötzlich ab.

Tim schwamm wieder einige Meter raus und tauchte unter. Nur mit äußerster Kraftanstrengung gelang es ihm, eine solche Tiefe zu erreichen, dass der Lichtkegel der Taucherlampe den Boden abtasten konnte. Tim schätzte die Tiefe auf nicht weniger als fünf, vielleicht sogar sechs Meter.

Auf dem Meeresboden lagen jetzt vorwiegend größere Steine und die Sicht war nicht mehr so gut wie in der Nähe der Sandbank.

Aber vielleicht entdeckte er ja gerade hier ein besonders schönes Exemplar von einem Seeigel. 'Man weiß ja nie', schoß es Tim durch den Kopf, und in Gedanken präsentierte er schon Ruhne und den anderen einen kohlrübenkopfgroßen Seeigel mit besonders schöner Musterung.

Mit den Gedanken noch bei den Freunden war Tim einige Meter weiter auf das offene Meer hinausgeschwommen.

Im gleichen Moment, in dem seine Phantasie die Bewunderung der Freunde wegen seines Taucherglücks ausmalte, erstarrte Tim. Wie vom Blitz getroffen verharrte er regungslos, unfähig sich zu bewegen. Beinahe hätte er das Atmen vergessen und so schnellte er nach dem Moment der völligen Bewegungslosigkeit, laut prustend und mit den Armen unkoordiniert um sich schlagend, an die Wasseroberfläche. 'Das kann doch nicht sein', fuhr es ihm durch den Kopf, als er über der Wasseroberfläche kräftig nach Luft japsend die Freunde suchte. Seit Jahren tauchte er doch schon in der Ostsee und noch nie war ihm so etwas begegnet. 'Hat der Großvater doch recht!' Tim entdeckte in einiger Entfernung den Schnorchel von Sven. Dieser hatte auf dem Schnorchelende ein kleines Gitter befestigt, in dem ein weißer, tischtennisgroßer Ball hüpfte und die Öffnung verschloß, wenn Sven untertauchte. Das war eine sehr praktische Methode, verhinderte sie doch, dass beim Abtauchen Wasser in den Schnorchel strömte. Den weißen Ball erkannte Tim in der Nacht sehr gut. Wo Pfännchen und Ruhne sich aufhielten, konnte Tim, dessen Herz immer noch vor Aufregung kräftig schlug, nicht ausmachen.

Wie sollte er sich jetzt verhalten? Tim bewegte seine Flossen nur ganz sanft hin und her, gerade so stark, dass es ausreichte, mit dem Kopf über Wasser zu bleiben. Seine rechte Hand umschloss krampfhaft den Griff seiner Harpune. Am linken Handgelenk baumelte die Taucherlampe.

'Nein', beschloss Tim in dem Augenblick, in dem er gerade überlege, ob er Sven holen sollte.

Zuerst musste er selbst noch einmal in die Tiefe, um sich zu vergewissern. Sein Atem wurde wieder schneller. Die Hand fuhr unruhig über das kalte Metall der Harpune. Tim spuckte das Mundstück des Schnorchels aus, dann holte er so tief Luft, als habe er die Absicht, einen neuen Rekord unter Wasser aufzustellen, und mit kräftigen Beinschlägen katapultierte er sich in die Fluten.

Nach wenigen Metern, die er in Richtung der offenen See zurücklegte, drückte er seinen Oberkörper noch weiter nach unten und mit großer Anstrengung gelang es ihm, wieder an Tiefe zu gewinnen.

Es dauerte einige Sekunden, bis er mit dem Lichtkegel der Lampe das wiedergefunden hatte, was ihn vor wenigen Augenblicken so in Aufregung versetzt hatte.

Der Druck in den Ohren hatte wieder zugenommen und die Taucherbrille klebte auf seiner Nase. Tim schluckte, um diesem unangenehmen Druckgefühl zu begegnen.

Etwa zwei Meter von sich entfernt konnte Tim die Umrisse eines gesunkenen Schiffes ausmachen. Er schwamm die Länge des Schiffes ab und verweilte einen kurzen Moment am vorderen Teil. Der spitzzulaufende Bug ragte etwa einen Meter aus dem Meeresboden, er war besetzt von Tausenden Miesmuscheln und Algen. Tim schätzte die Länge des Schiffes auf etwa fünf Meter. Es musste sich um ein einmastiges Segelboot handeln, wie sie im 19. Jahrhundert von den Klippschiffern benutzt wurden.

Der Großvater hatte ihm nicht nur einmal von den Bauernfischern der Halbinsel erzählt, die wirtschaftliche Not getrieben hatte. Tim suchte aufgeregt nach einer Möglichkeit, in das Innere des Schiffes vorzudringen. Doch bis auf den abgebrochenen Mast, den Bug und etwa zwei Handbreit Höhe vom Heck, dem hinteren Ende des Schiffes, war das Wrack völlig mit Sand und Steinen bedeckt.

Tims Bewegungen wurden immer fahriger und unkontrol-

lierter. Er war jetzt schon knapp eine Minute unter Wasser, ohne Luft zu holen. Doch mehr war nicht drin. Er musste wieder an die Wasseroberfläche. Mit langsamen Beinbewegungen ließ Tim sich nach oben treiben. Als er seinen Kopf aus dem Meer stecken konnte, schnappte er mit geschlossenen Augen gierig nach Luft. Er war für einen kurzen Moment nicht in der Lage, einen klaren Gedanken zu fassen.
Sven, der gleichfalls gerade aufgetaucht war, sich jedoch bei weitem nicht so verausgabt hatte, schüttelte verwundert den Kopf.
„Willst du heute Nacht einen neuen Rekord aufstellen?" rief er Tim zu.
Als dieser überhaupt nicht reagierte, schwamm Sven besorgt zu dem Freund.
„Ist alles in Ordnung?" Sven schüttelte verwundert den Kopf. „Was ist denn mit dir los?"
Doch ohne auch nur einziges Wort über die Lippen zu bekommen, drückte Tim dem erschrockenen Freund seine Taucherlampe in die Hand und deutete ihm an, unterzutauchen.

Als Sven diese Geste nicht gleich verstand, stammelte Tim mit scheinbar letzter Kraft: „Das Wrack, dort unten, sieh nach!"

Sven starrte den immer noch keuchenden Tim fassungslos an. Dann holte er tief Luft und mit einer Taucherlampe in jeder Hand drückte er sich unter Wasser.

In der Zwischenzeit waren auch Pfännchen und Ruhne aufmerksam geworden. Nur ein Paar Armschläge, und sie hatten Tim erreicht.

„Ist irgendetwas passiert?" fragte Pfännchen mit kehliger Stimme.

„Was hast du denn?" Sie schwamm eine Runde um den Freund, um sich zu vergewissern, dass alles in Ordnung war.

„Meinst du, ein Hai hat ein Stück von ihm abgebissen?" fragte Ruhne spöttisch und drehte sich auf den Rücken.

„Dort unten liegt ein Wrack." Tims Worte klangen klar und hallten in den Ohren der Freunde wie ein Donnerschlag.

„Sag das noch einmal." Ruhne hatte sich geschmeidig wie eine Katze im Wasser gedreht und stand jetzt nicht mehr als eine Handbreit entfernt vor Tim im tiefen Wasser.

„Du hast schon richtig gehört. Ich habe ein Bootswrack entdeckt."

Tim hatte sich erholt und mit herausforderndem Blick sah er Ruhne in die weit aufgerissenen Augen.

In diesem Moment tauchte Sven wieder auf. Auch er verschnaufte einige Augenblicke, ehe er sprechen konnte.

Doch Ruhne mochte nicht so lange warten. Aufgeregt versuchte er, die Lungen mit Sauerstoff zu füllen, und tauchte dann ab.

Es dauerte nicht lange, und das Wasser spritzte wieder auf. Ruhne musste nach Luft schnappen.

Tim und Pfännchen schüttelten den Kopf. „Langsam, langsam, dir läuft nichts davon."

Auch Sven grinste über den Eifer des Freundes. Doch dieser nahm all das nicht wahr. Nach wenigen Sekunden des Luftholens tauchte er erneut in die Tiefe.

„Das ist ja Wahnsinn. Einfach unglaublich." Sven warf Tim die Taucherlampe zu und zeigte auf Pfännchen.

„Du musst dir das unbedingt ansehen. Wirklich. Aber das Wrack liegt ganz schön tief."

„Was schätzt du, wie tief?" fragte Tim hastig.

„Vielleicht fünf Meter, aber ganz sicher bin ich nicht", Sven runzelte auch in der Nacht sichtbar die Stirn.

„Ich tippe wie du auf fünf bis sechs Meter, das müsste zu schaffen sein", verkündete Tim.

„Was meinst du damit: das müsste zu schaffen sein?" Misstrauisch sah Pfännchen zu Tim.

„Na, was meine ich wohl? Wir entdecken hier vor der Küste ein versunkenes Schiff und damit hat es sich?" Tim fuhr mit der Hand durch das nasse Haar.

„Stell dich doch bloß nicht so an, Pfännchen. Das hier ist eine Sensation. Und die überlassen wir doch nicht anderen." Sven schien ganz begeistert.

„So ist es. Wir müssen versuchen, an die Ladung ran zu kommen", rief Tim aufgeregt.

„Aber willst du es dir gar nicht ansehen?" Pfännchen schüttelte den Kopf.

„Mir reicht es. Ich muss jetzt nach Hause. Wenn ich den Bogen überspanne, dann war heute Abend mein letzter Einsatz", stellte Pfännchen fest und nieste.

„Und außerdem ist mir kalt."

Auch Tim und Sven merkten plötzlich, dass sie froren. Als Ruhne wieder aufgetaucht war und begeistert mitteilte, dass dort unten wirklich ein Schiffswrack lag, verweilten sie nur noch wenige Sekunden, um dann gemeinsam an Land zu schwimmen.

Auf dem Weg diskutierten die Freunde aufgeregt über ihre Entdeckung. Die Phantasie kannte gar keine Grenzen und immer wieder war es Pfännchen, die die Jungen auf den Boden der Realität zurückholte, wenn die Vorstellungskraft ihrer Freunde allzu große Purzelbäume schlug.

Was lag da unten auf dem Meeresgrund in diesem kleinen Einmaster nicht alles verborgen, zumindest in der Phantasie der Kinder!

Sven hatte von wertvollem Porzellan und Steingut gelesen, das von den Schiffern befördert wurde. Ruhne berichtete, er habe gehört, dass um die Jahrhundertwende mehrere Schiffe, beladen mit Edelsteinen und Gold, spurlos verschwunden seien. Tim wußte, dass Wein, Rum und Champagner versegelt wurden und diese Getränke, wenn sie noch genießbar waren, einen unvorstellbaren Wert besaßen.

„Von einer Flasche Champagner kannst du dir einen Luxuswagen kaufen", belehrte er Sven. Dieser wollte sich jedoch lieber eine Koppel mit einigen Pferden zulegen, während Ruhne vorhatte, nach Canada auszuwandern. Pfännchen erklärte den Jungen, dass die Schiffer in dieser Region meist Mohrrüben, Salz und Butter geladen hatten, und die Möglichkeit, dass davon nach so langer Zeit noch etwas zu finden sei, äußerst gering war.

Empört schoben die Jungen Pfännchen zur Seite und waren sich einig, dass die Freundin ihnen nur die Vorfreude vermiesen wollte.

Es war schon kurz nach Mitternacht, als sich die Wege der vier Freunde trennten.

Die Umrisse der Bäume und Sträucher, in denen der laue Wind umherirrte, waren beim metallisch glänzenden Licht der Nacht gut von einander zu unterscheiden.

Die Lage des Wracks hatten sich die Jungen und auch Pfännchen gut eingeprägt. Sie stimmten überein, trotz der Vorbereitung auf das wichtige Volleyballspiel einen Teil ihrer Zeit dafür zu verwenden, das gesunkene Schiff näher zu erkunden. Dabei mussten sie sehr vorsichtig zu Werke gehen, um keine Aufmerksamkeit auf sich zu ziehen.

Insbesondere wollten sie vermeiden, dass Botel und seine Kumpane Wind von der Sache bekamen. Die lagen ja in der Burg der Stelle am nächsten, von wo aus Tim und seine Freunde ins Wasser steigen mussten, um das Wrack zu erreichen.

Außerdem benötigten sie einige Hilfsmittel für die notwendige Arbeit unter Wasser. Aber darüber wollten sie morgen entscheiden.

Pfännchen, Tim, Ruhne und Sven lagen einige Minuten später in ihren Betten. Sie waren so erschöpft, dass sie nicht einmal Zeit für eine Katzenwäsche hatten.

Als Tims Großvater vorsichtig die Klinke zu dem Dachzimmer runterdrückte, in das sein Enkel vor wenigen Augenblicken eilig geschlichen war, schlief Tim schon tief und fest. Der Großvater sammelte die im Zimmer verstreut liegenden Kleidungsstücke auf und legte sie über die Stuhllehne. Dann öffnete er das Fenster noch einen Spalt breiter und zog die

Zudecke etwas höher. Einen Moment verweilte er vor dem Bett des Jungen. Über das Gesicht des Großvaters huschte ein Lächeln. Natürlich hatte er auf den Jungen gewartet. Aber das musste dieser ja nicht unbedingt merken.

Der Schlaf der vier Freunde war traumlos. Der Rotterich, der für die Träume der Menschen verantwortlich war, und von dem der Großvater erzählt hatte, wartete auch auf Tim nur bis Mitternacht. Dann kehrte er in dieser Nacht unverrichteter Dinge und auch etwas mürrisch mit Hilfe seines Weltendurchgangsschlüssels in die Welt der Rotteriche zurück. Von all dem bekam Tim in dieser Nacht jedoch nichts mehr mit.

Tim
trainiert verbissen

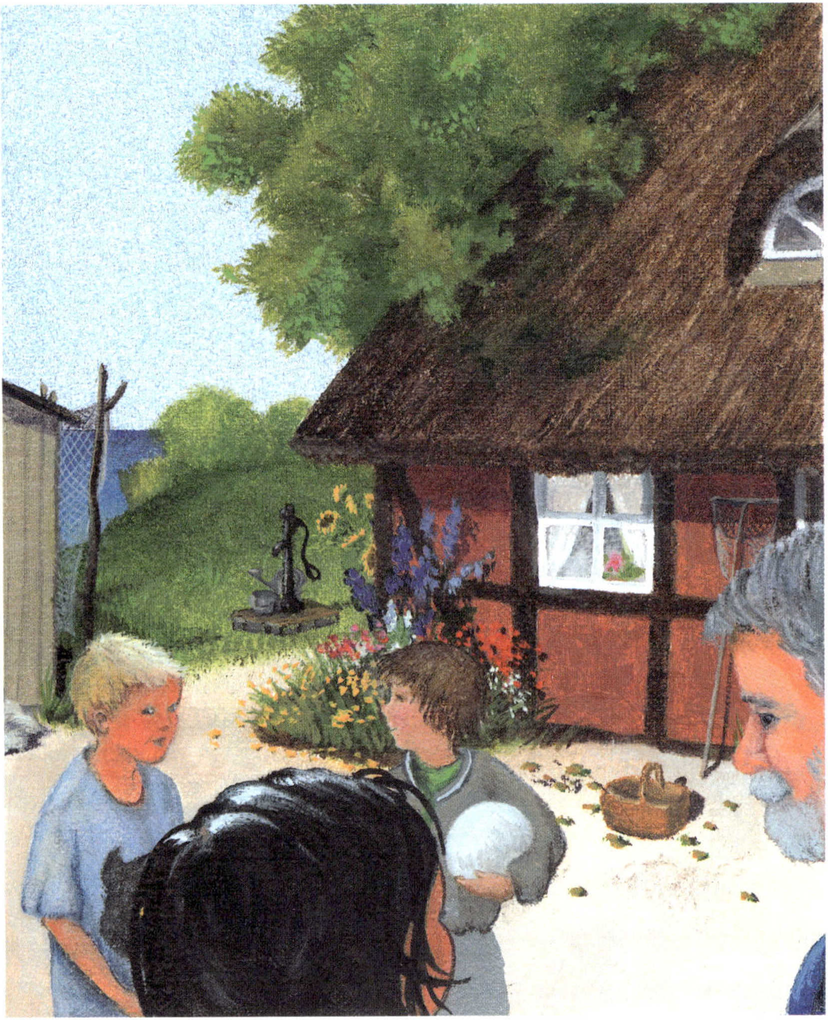

Knapp acht Stunden später erwachte Tim aus seinem Tiefschlaf. Er brauchte heute keinen Wecker, um wach zu werden, trotz der Anstrengung in der vergangenen Nacht. Mit einem Satz war er aus dem Bett. Die Sonne stand über dem Bodden, und violett schimmernde Wolken zogen den Horizont entlang.

Tim riss das Fenster auf und steckte seinen Kopf hinaus. Die Luft roch nach feuchter Erde und Sonnenblumen. Die Wiese vor dem Boddengewässer dampfte und zwischen den Blumen und Sträuchern am Haus hatten unzählige Spinnen ihr Nachtwerk vollbracht. Taubeladen schwebten die Spinnennetze im glänzenden Morgenlicht.

Eigentlich war der August der schönste der Sommermonate, dachte Tim, während er nach draußen schaute. Natürlich verkürzten sich die Tage im Vergleich zum Juni oder Juli; dafür hatte der August viel mehr Farbe und es passierte auch auf den Feldern eine Menge.

Der größte Teil der Getreideernte war schon eingebracht und auf den Stoppelfeldern suchten sich Hamster und Mäuse ihre Winterverpflegung. Der noch sehr junge Mais schmeckte zu dieser Zeit besonders süß. Und überall wurde Heu getrocknet, das kräftig roch und hervorragend zum Verstecken geeignet war.

Tim, der nur mit einer kurzen Schlafhose bekleidet war, schüttelte Arme und Beine aus und ließ sich in die Hocke. Seine Glieder schienen wie eingerostet. Nur mit Mühe gelangen ihm die ersten zehn Kniebeugen. Sein Atem wurde etwas schneller. Für das Volleyballspiel am Sonntag musste er jedoch ganz fit sein, und für die Sache mit dem Schiffswrack war körperliche Fitness auch nicht von Nachteil.

Nach den ersten zehn Kniebeugen gönnte er sich nur eine kurze Pause, dann machte er weiter. Als er fünfzig Kniebeugen absolviert hatte und vor Anstrengung keuchte, ließ er sich auf den knarrenden Dielenboden fallen und federte mit den Händen ab.

'Jetzt noch fünfzig Liegestütze, dann bin ich bestens gerüstet für das anstehende Training'.

Fünf Minuten später stand Tim verschwitzt und doch bester Laune vor dem alten Katen und rief dem neuen Tag ein übermütiges „Guten Morgen" entgegen. Dann lief er hinter das Haus, um sich mit dem kalten Wasser, das aus der Pumpe kam, zu waschen.

Die ersten Wassertropfen brannten auf der Haut wie Feuer, und trotz des Bemühens, den Schmerz tapfer zu unterdrücken, stöhnte Tim laut auf und hüpfte von einem Bein auf das andere.

Der erste Schmerz dauerte allerdings nur kurz und wich einem Gefühl des Behagens und der inneren Zufriedenheit. Die Haut begann zu glühen und Tim spürte ein Prickeln auch in seinem Innersten. Zum Schluss hielt er übermütig seinen kurzgeschorenen Haarschopf unter den dünnen Wasserstrahl, um sich einen Augenblick später wie ein Bär nach dem Bad zu schütteln.

Tausenden kleiner Edelsteine gleich funkelten die stiebenden Wassertropfen im Licht des neuen Tages.

In der Zwischenzeit hatte der Großvater, aufmerksam geworden durch die Unruhe hinter dem Haus, die Einfahrt betreten und beobachtete seinen Enkel aus einiger Entfernung. 'Alle Achtung', –dachte er bei sich, 'das hätte ich ihm wirklich nicht zugetraut'. –Der Großvater ging einige Schritte auf Tim zu, der ihn jedoch immer noch nicht bemerkte.

„Hast du etwas Bestimmtes vor?" begrüßte er den Jungen.

„Hallo, Großvater", freute sich Tim und rubbelte mit einem Handtuch den dampfenden Körper.

„Das ist gesund und hält fit, weißt du", erklärte Tim seine Morgenwäsche.

„Aber warum stehst du dann nicht jeden Morgen hier draußen und tust etwas für deine Gesundheit?" Großvaters Stimme klang etwas spöttisch und Tim bemerkte auch die Absicht.

„Ich will nichts übertreiben, Großvater. Wenn ich jetzt bei dir jeden Tag die Pumpe benutze, dann fehlt mir das zu Hause – und so gewöhne ich mich erst gar nicht daran", antwortete Tim augenzwinkernd und klemmte das Handtuch unter den Arm.

„Aber etwas ganz anderes, Großvater. Meine Freunde und ich haben am Sonntag ein außergewöhnlich wichtiges Volleyballspiel, und da wollte ich dich fragen", Tim schielte den Großvater mit einem honigsüßen Lächeln von unten an", ob wir nicht hier bei dir auf der Einfahrt bis zu dem Spiel trainieren können." Der Großvater kaute auf seinem Pfeifenstiel und schien zu überlegen, warum die Kinder ausgerechnet hier auf der Kiesauffahrt spielen wollten.

Bisher hatten sie doch auch immer unten am Strand gespielt. Aber anstatt Tim zu fragen, nickte der Alte nur. 'Sie werden schon ihre Gründe haben', dachte er und strich sich mit der rechten Hand das weiße Haar in den Nacken.

„Klasse, Großvater. Danke. Pfännchen und die anderen müssten auch gleich hier sein. Wie spät ist es?" Tim stand schon im Hauseingang und drehte sich nach dem Großvater um.

„Gleich neun", antwortete dieser und ging daran, die Kiesauffahrt zu begutachten. Für besonders geeignet, um darauf Ball zu spielen, hielt der Großvater die Auffahrt nicht. Aber es konnte wohl auch nicht viel passieren. Dabei bückte er sich, um einige größere Steinchen vom Weg aufzulesen. Inzwischen saß Tim, der rasch das hellblaue T-Shirt mit dem schon etwas verblichenen Pantherkopf drauf und seine über dem Knie abgeschnittenen und fransigen Jeans angezogen hatte, am wiederum reichlich gedeckten Frühstückstisch und aß Rührei mit Toast. Die Großmutter stand auch an diesem Morgen vor dem Herd und freute sich über den Appetit ihres Enkels. Doch wie schon am gestrigen Vormittag, als Tim bemerkte, dass er verschlafen hatte, drängte ihn die Zeit.

Mit vollem Mund entschuldigte er sich bei der verständnislos dreinblickenden Großmutter und flitzte nach draußen. Durch das Küchenfenster hatte er gesehen, dass Locke und Ruhne mit dem Großvater sprachen. 'Hoffentlich halten die ihre Klappe!' Tim beeilte sich und stand fünf Sekunden später neben den Freunden und dem Großvater.

„Hallo, ihr beiden! Ihr seid ja pünktlich wie die Maurer." Tim, der noch immer kaute, zog Ruhne am Ärmel des mausgrauen Trainingsanzugs. Er deutete dem Freund an, ihm zu folgen.

„Du auch", zischte er in Lockes Richtung, die im Gegensatz zu Ruhne keine Anstalten machte, das Gespräch mit dem Großvater zu unterbrechen.

„Was soll das denn? Wir unterhalten uns gerade über Pettenköfers Katze, die in der vergangenen Woche am Darm operiert wurde. Oder wusstest du, dass Pettenköfer die Katze nicht durch Doktor Mausgrau operieren ließ?"

Locke runzelte die Stirn und entschuldigte sich bei dem Großvater für das Benehmen von Tim.

Der Großvater lachte nur und winkte ab. „Ach, lass mal, geh du nur. Der Tim ist schon den ganzen Morgen so komisch. Heute früh habe ich ihn erwischt, wie er sich draußen an der Pumpe wusch. Das muss ja am Sonntag ein wirklich wichtiges Spiel sein, dass er sich so ins Zeug legt."

Locke zupfte an ihrem weißen Faltenröckchen und wollte gerade zu einer Antwort ansetzen, als Tim mit einem Satz neben ihr stand. Er fasste Locke am linken Unterarm, der wie alle sichtbaren Körperstellen des Mädchens gebräunt war und sich so gegen das Röckchen und die gleichfalls schneeweiße Rüschenbluse auffällig absetzte.

„Über Pettenköfers Katze kannst du ein anderes Mal palavern. Das reicht jetzt." Mit einem aufgesetzten Lächeln in Richtung des Großvaters zog er Locke sanft, aber bestimmt hinter sich her.

„Pettenköfers Katze. Ich faß es nicht. Pettenköfers Katze." murmelte Tim und kniff wütend die Augen zusammen.

Als sie neben Ruhne vor der Garage standen, ließ Tim die

Freundin los. Noch immer murmelte er einige unverständliche Worte in seinen nicht vorhandenen Bart.

„Ich weiß gar nicht, was du hast", ordnete Locke die pechschwarzen, halblang geschnittenen Haare, die in der frühen Sonne des Tages wie das glänzende Schuppenkleid der Fische silbrig schimmerten.

„Wenn ich mit deinem Großvater über Pettenköfers …" Locke konnte den Satz nicht beenden. Tim hatte sich unmittelbar vor ihr postiert und sah Locke mit stechendem Blick und angeschwollener Stirnader an. „Noch ein Wort über diese Katze und …"

„Na, was: und? Willst du mich dann aus dem Team schmeißen?" fragte Locke provozierend und hielt dem Blick des Freundes ohne große Mühe stand.

Es huschte sogar ein leichtes Lächeln über ihr Gesicht.

„Ich schlage vor, dass ihr euch beide wieder beruhigt. Es gibt doch überhaupt keinen Grund zu streiten."

Ruhne schob die beiden Streithähne auseinander und deutete auf das Volleyballnetz, das er vor der Garageneinfahrt abgelegt hatte.

„Heute Vormittag spielen wir ohne Netz. Wir üben das Zuspiel. Das muss wie im Schlaf klappen."

Ruhne war bemüht, die aufgebrachten Gemüter zu besänftigen. Bis Sven und wenig später auch Pfännchen eintrafen, redete er über Aufgaben, Abwehr, Schmetterschläge und Angabe. Tim hatte sich mit dem Rücken an das Garagentor gehockt und starrte auf den Boden, während Locke mit in die Hüften gestemmten Armen jedes Wort Ruhnes anscheinend überaus interessiert verfolgte. Wie anders sollte man ihr ständiges Nicken nach jedem Satz Ruhnes deuten?

Als die Mannschaft vollzählig war, führte Tim die Freunde hinter das Haus. In knappen Worten berichtete Sven der in der vergangenen Nacht nicht dabeigewesenen Locke über ihre Entdeckung in der Ostsee. Diese staunte nicht schlecht und schilderte ihrerseits, wie sie gestern Abend den Brief an Botel losgeworden war.

Zu Hause hat sie Botel nicht angetroffen. Doch ein überaus freundlicher Herr, vielleicht so um die fünfzig mit graumelierten Haaren und einem hochgezwirbelten Oberlippenbärtchen hat ihr gesagt, dass sein Sohn im Ort sei. Bei irgendeiner Musikveranstaltung. Näheres wusste er nicht. Aber das hatte ihr als Information ausgereicht. So lief sie zu den „Kids" in die Eisdiele runter. Dort traf sie dann tatsächlich Botel und seine Freunde.

„Und, was hat er gesagt?"

Tim dauerten die Ausführungen Lockes zu lange. Doch diese ließ sich durch die Ungeduld Tims nicht aus der Ruhe bringen. Im Gegenteil, Tim schien es so, als ob Locke jetzt bewusst ihre Begegnung mit Botel ausschmückte, um ihn zu ärgern. Wütend biss er sich auf die Unterlippe.

„Ich musste fast bis Mitternacht in der Eisdiele bleiben, bevor ich eine Antwort erhielt."

„Ach, ne. Das ist dir bestimmt schwer gefallen", lästerte Tim.

Ohne Tims erneuten Einwurf zu beachten, fuhr Locke fort: „Botel und die anderen sind einverstanden. Fünf gegen fünf in zwei Sätzen, bei Gleichstand entscheidet ein dritter Satz. Sonntag um zehn am Strand. Wir sollen uns um einen Schiedsrichter kümmern."

Bewusst verschwieg Locke, dass Botel und die anderen herzhaft über den Vorschlag der Freunde gelacht hatten. Nicht die Spur einer Chance hätten die Herausforderer, so die einhellige Meinung der Burgbesetzer.

Sie erwähnte auch nicht, dass sie Botel eigentlich ganz sympathisch fand. Locke war nämlich am gestrigen Abend länger, als es ihr Auftrag erfordert hätte, in der Eisdiele geblieben. Sie hatte sich ausführlich mit dem schwarzhaarigen Jungen aus Hamburg unterhalten und so eine Menge über ihn erfahren. Botel besuchte in Hamburg ein Gymnasium. Er erzählte unglaublich spannende Geschichten über die Lehrer an seiner Schule und Locke staunte nicht schlecht, was Botel so alles in seiner Freizeit unternahm. Noch mehr interessierte sich Locke allerdings dafür, ob Botel in Hamburg schon eine Freundin hatte und wie häufig er nach Behrenshoop kam.

Während Locke ihrer Erinnerung an den gestrigen Abend nachhing und anscheinend den Freunden nichts mehr zu sagen hatte, herrschte für einen Moment absolute Stille unter den Kindern.

Ruhne war der erste, der das allgemeine Schweigen durchbrach.

„Jetzt wissen wir wenigstens, woran wir sind. Das ist in Ordnung. Wir können uns nun ganz gezielt auf dieses Spiel vorbereiten."

Ruhne blickte in die Runde, doch weder Sven noch Pfännchen, ganz abgesehen von Tim und Locke, zeigten eine äußerliche Regung.

„Hey, was ist mit euch los? Rutscht euch das Herz in die Hosentaschen? Ihr seid mir ja ein paar Kämpfer. Mit einer solchen Einstellung brauchen wir am Sonntag erst gar nicht anzutreten!"

Ruhne versuchte, die Freunde mit seinen Worten aus der allgemeinen Lähmung zu reißen, von der sie anscheinend plötzlich befallen waren.

Kopfschüttelnd stieß er Tim an. „Hat dich jetzt dein Mut verlassen? Wessen Idee war das mit dem Spiel?"

Ruhne blickte weiter zu Pfännchen, die mit beiden Händen irgendetwas in den Hosentaschen ihrer kartoffelbraunen Latzhose zu suchen schien. „Was ist mit dir los? Wir wollen es doch den Angebern zeigen – oder bin ich im falschen Film? Vielleicht sagt mir mal einer, was hier los ist?"

Ruhne verstand die Welt nicht mehr.

„Angeber sind das wirklich nicht, zumindest Botel nicht", flüsterte Locke kaum hörbar. Allerdings zeigte der vernichtende Blick von Tim, dass er den Einwurf verstanden hatte.

„Und ihr meint, wir haben gegen die eine Chance?"

Svens zögerliche Frage schien auch die anderen in diesem Moment zu bewegen.

„Natürlich haben wir eine Chance", beeilte sich Ruhne zu antworten. „Es war unser Vorschlag und wir werden alles dransetzen, um dieses Spiel zu gewinnen. Denkt doch dran, es geht um unsere Burg. Habt ihr das vergessen?"

Pfännchen war die erste, bei der der Appell des Freundes Wirkung zeigte. „Ruhne hat völlig recht. Und wenn wir das Spiel auch verlieren sollten, das ist nicht das Wichtigste. Wichtig ist, dass wir es versucht haben."

Sie nickte entschlossen und spielte mit einem glitzernden Bonbonpapier in den Fingern.

Auch Tims Miene hatte sich aufgehellt und er stimmte Pfännchen zu.

„Aber wir werden gewinnen. Wir dürfen gar keine Zweifel auf-

kommen lassen und vor allem müssen wir zusammenhalten."
Der letzte Teil seines Satzes galt unverkennbar Locke, die jedoch so tat, als bemerke sie die Absicht Tims nicht, und ihrerseits zustimmend nickte.

„Aber wir sollten mit dem Training beginnen. Vom Reden allein schlagen wir die anderen nicht."

Bevor die Freunde mit dem Volleyballtraining begannen, beschlossen sie noch, sich am frühen Abend, gegen 19.00 Uhr am Strand zu treffen. Zu dieser Zeit war es unten schon ziemlich leer und vor allem die Wahrscheinlichkeit, Botel und die anderen anzutreffen, gering.

Sven sollte sein Schlauchboot mitbringen, das sie auf dem Wasser als Stützpunkt benutzen wollten. Ruhne bekam den Auftrag, Arbeitsgeräte wie Schaufel, Axt und Zange, möglichst alle ohne Holzgriff, mitzubringen und Tim wollte sich um ein Netz und Stricke in ausreichender Länge kümmern.

„Wenn einer nicht mitmachen will, dem steht es frei, das jetzt zu sagen. Die Arbeit unter Wasser am Wrack ist nicht ganz ungefährlich." Tim schaute herausfordernd in die kleine Runde. Doch keiner der Freunde reagierte auf dieses Angebot.

„Dann sind wir uns ja auch in diesem Punkt einig." Tim schien zufrieden. Er wollte sich schon abwenden, um vor das Haus zu gehen, als er noch einmal das Wort ergriff.

„Übrigens, was haltet ihr davon, wenn der Professor das Spiel am Sonntag pfeift?"

„Du meinst Klaus? Das ist doch nicht dein Ernst?"

Sven sah den Freund ungläubig an. Auch Pfännchen schaute verwundert.

„Der sitzt im Rollstuhl, falls dir das entfallen sein sollte." Ruhnes Worte klangen eine Spur gereizt.

„Solche Witze finde ich auch ziemlich geschmacklos", empörte sich Locke.

„Hört schon auf, was denkt ihr eigentlich von mir?"

Tim merkte man an, dass er gekränkt war.

„Schöne Freunde habe ich", maulte er und versuchte sich zu verteidigen.

„Der Professor hat früher, noch vor seinem Unfall, selbst Volleyball gespielt. Er kennt die Spielregeln und ist eigentlich immer objektiv. Das und nur das waren meine Überlegungen, als ich ihn euch vorschlug. Aber vergesst es."

Ruhne, Pfännchen, Locke und Sven sahen sich wortlos an.
„Aber", Pfännchen holte tief Luft, „mal vorausgesetzt, er macht es, wie kommt er runter an den Strand?"
„Da wir hier in Behrenshoop immer noch keine behindertengerechten Strandzugänge haben, müssen wir ihn wohl oder übel tragen." Tim war stinksauer. Eine solche Reaktion hatte er von seinen Freunden nicht erwartet. Wie konnten sie auch nur im entferntesten annehmen, dass er sie veralbern wollte?
Entschlossenen Schrittes eilte er um das Haus in Richtung Auffahrt.
„Nun sei doch nicht gleich eingeschnappt." Ruhne war dem Freund gefolgt. „Du musst schon zugeben, dass dein Vorschlag überraschend ist."
„Nein, das verstehe ich nicht, überhaupt nicht", zischte Tim scharf.
„Wir dachten wirklich, du wolltest uns auf den Arm nehmen. Entschuldige."
Er legte Tim versöhnlich seine Hand auf die Schulter.

In der Zwischenzeit hatten sich auch Pfännchen, Locke und Sven am Trainingsort eingefunden.

„Dein Vorschlag ist okay. Wir fragen den Professor, ob er unser Spiel pfeift, in Ordnung?"

Pfännchen stupste Tim vor die Brust. Auch Locke war um Ausgleich bemüht. Sie streckte Tim die Hand mit den feingliedrigen Fingern und den bunt bemalten Nägeln entgegen.

„Entschuldigung."

Es dauerte noch einige Minuten, bis Tim seine gute Laune wiedergefunden hatte. Den ganzen Vormittag spielten die Freunde auf der Kiesauffahrt und versuchten, das Zuspiel und die Abgaben zu verbessern. Zu Beginn des Trainings waren alle nervös und aufgeregt. Jeder wollte besonders gut spielen und keine Fehler machen. Und wie es dann meist ist, es klappte rein gar nichts.

Ruhne, der einzige, der die Ruhe bewahrte, verzweifelte fast am Spiel der Freunde. Doch mit viel Zuspruch und Einfühlungsvermögen schaffte er es, dass das gemeinsame Spiel im Laufe der Zeit immer besser wurde.

Am Nachmittag übten sie die Angaben und versuchten, die

Bälle scharf zu schlagen. Auch diese Übung klappte nicht sofort. Tims Großmutter hatte sich, besorgt um ihre Dahlien, vor dem Blumenmeer postiert und versuchte, jeden Abpraller zu fangen.

Wie sie so dastand mit rudernden Armen und auf steifen Beinen bot sie ein Bild, das Tim und seine Freunde veranlasste, das Training für einen Moment zu unterbrechen.

Sie konnten einfach nicht mehr vor Lachen und zogen sich laut prustend und dabei den Bauch haltend hinter den Katen zurück. Die Großmutter ließen sie wissen, dass sie eine kurze Besprechung hätten.

Am frühen Abend trafen sich Tim und seine Freunde am Strand. Über drei Stunden verbrachten sie damit, das Schiffswrack an der Stelle von Sand, Steinen, Muscheln und Algen zu säubern, an der sie den Einstieg auf Deck vermuteten. Diese Arbeit gestaltete sich schwieriger und langwieriger, als sich Tim und die Anderen das vorgestellt hatten. Während Pfännchen und Locke die Position im Schlauchboot hielten, sich jeweils zwei der Jungen über Wasser ausruhten, arbeitete einer mit einer Kehrschaufel unter Wasser. Der Taucher, der jeweils nur dreißig bis höchstens vierzig Sekunden unter Wasser arbeiten konnte, war für alle Fälle an einer Kunststoffstrippe angeleint. Darauf hatte Pfännchen aus Sicherheitsgründen bestanden.

Auch am Samstag kamen die Freunde nur langsam voran, obgleich sie zweimal den Weg auf die Ostsee wagten. Als es dämmerte und Tim als letzter Taucher erstmals wieder die Taucherlampe an diesem Tag benutzen musste, spiegelte sich im matten Schein des Lichtkegels blankes Metall.

'Endlich!' Tim hatte den Griff zur Tür, durch die früher die Seeleute wahrscheinlich unter Deck gelangt waren, freigelegt. Dort musste auch die Ladung zu suchen sein.

An diesem Abend tauchten Tim, Ruhne und Sven allerdings nicht mehr in die Tiefe. Sie wollten ausgeruht in das morgige Spiel gehen.

Am Vormittag und eine Stunde am Nachmittag hatten sie noch einmal hart trainiert. Sie spielten unter der Beobachtung des Großvaters, der ab und an, wenn den Kindern ein Spielzug besonders gut gelungen war, anerkennend mit dem

Kopf nickte, sich aber ansonsten überhaupt nicht äußerte. Auch Tim und Ruhne waren mit ihrem Team ganz zufrieden. Bis auf Ruhne hatte jedoch jeder seine Schwachstelle und nur, wenn sich morgen einer für den anderen einsetzte, hätten sie gegen die als sehr stark eingeschätzten Burgbesetzer um Botel eine echte Chance. So sah es zumindest Ruhne. Und auch Locke konnte ihm nur recht geben. Sie hatte nämlich nicht nur mit dem Professor gesprochen und seine Einwilligung, am Sonntag das Spiel zu pfeifen, erhalten. Nein, sie hatte auch das Training der Gegner beobachtet. Am liebsten hätte sie zwischen Botel und ihren Freunden um Tim vermittelt; allerdings wusste sie, wie groß die Wut bei diesen über die Burgbesetzung war, so dass sie auf diesen Versuch verzichtete.

Jedenfalls hatte sich ihre Meinung über die Burgbesetzer, vor allem aber über Botel, in den vergangenen Tagen grundlegend geändert.

So überheblich und arrogant wie die Freunde und auch Locke selbst Botel anfangs erlebt hatten, war er eigentlich nicht. Sicher, seine Art mochte nicht jedermanns Sache sein und er provozierte gern; doch wenn man ihn erst näher kennenlernte, war Botel weniger von sich eingenommen, als es nach außen hin schien.

Aber darüber konnte Locke nicht mit den Freunden reden, schon gar nicht vor dem Spiel.

Als Tim und die Freunde sich am Abend vor dem alles entscheidenden Spiel trennten, schworen sie, morgen bis zum Umfallen zu kämpfen. Sie wollten versuchen, das schier Unmögliche wahr zu machen: Den übermächtigen Gegner in die Knie zwingen. Sie waren im Recht, also musste es doch auch eine Möglichkeit geben, Recht zu bekommen. Wenn das der Fall war, würde es bedeuten, dass sie dieses Spiel gewinnen müssten.

Doch trotz aller gegenseitig aufmunternden Worte, die Gefühle der fünf Freunde waren durchaus gemischt, als sie an diesem Samstagabend nach Hause trotteten.

Mit den Gedanken war jeder beim morgigen Spiel, und jeder hoffte, dass sie es sein würden, die das Spiel gewännen. Aber keiner wußte, wie das funktionieren sollte.

Tim
appelliert an den Teamgeist

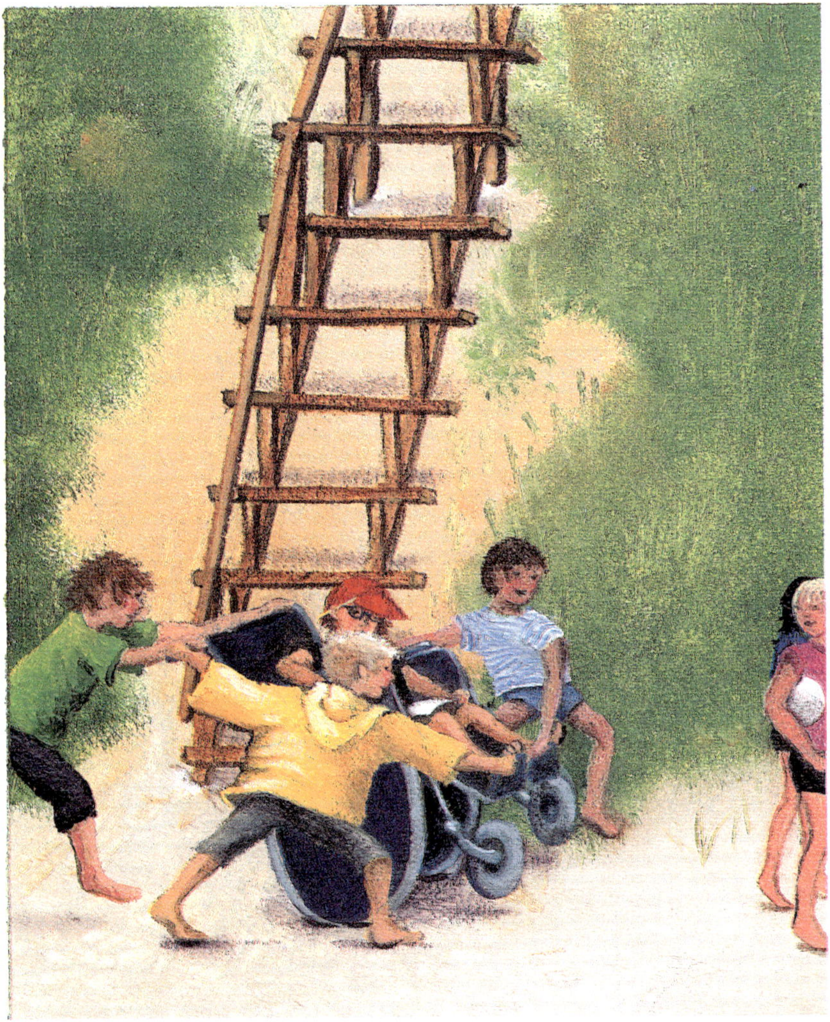

Sonntag Morgen, acht Uhr. Mit einem gezielten Wurf traf das Kopfkissen den unbarmherzigen Störenfried. Scheppernd, aber immer noch eindringlich summend, fiel der Wecker zu Boden. Tim zog die Bettdecke über die Ohren. Dennoch drang das feine Geräusch aus dem Bauch des Weckers zu ihm durch.

„Früher hab ich den mit einem Wurf erledigt. Dann war Ruhe", brummte er, schob die Bettdecke zur Seite und ließ die Beine aus dem Bett baumeln.

„Wer weiß, was die jetzt so alles in diese kleinen Wecker einbauen." Tim rieb sich den Schlaf aus den Augen und blinzelte in die Richtung des Zimmers, von wo das Summen unvermindert anhielt.

„Mist", schimpfte Tim, als er auf allen Vieren über die Dielen kroch, um den Wecker zu greifen. Natürlich war dieser bis in die hinterste Zimmerecke gerutscht. „Hätte mich auch gewundert, wenn es nicht so wäre."

Endlich konnte Tim den Störenfried fassen. Mit einem kurzen Druck auf den schwarzen Knopf am oberen Gehäuseteil brachte er ihn zum Schweigen.

„Das war's, mein Freund." Tim grinste dem Wecker schadenfroh in dessen Zifferblattgesicht und stellte ihn dann auf die Fensterbank.

Beim Blick nach draußen traute er seinen Augen nicht. Wo war der blaue Himmel geblieben?

Wo die wenigen blutroten und violetten Wolken, die sonst hinten über dem Horizont entlangzogen und dem aufmerksamen Betrachter schon am frühen Morgen einen schönen Tag ankündigten?

Er verstand die Welt nicht mehr. Gerade heute, an so einem wichtigen Tag so ein blödes Wetter!

Als Tim den Arm aus dem Fenster hielt, spürte er die Feuchtigkeit, die in der Luft stand und sich wie ein dünner Film über seine Haut zog.

Es regnete nicht, obgleich die grauen, schweren Wolken tief am Himmel hingen. Tim befürchtete jedoch, dass sich die Schleusen da oben bald öffnen würden.

'Vielleicht war sogar das Spiel in Gefahr?' Diesen Gedanken verwarf Tim sehr schnell und überlegte, während er sich anzog, ob das miese Wetter nicht auch ein Vorteil für seine Mannschaft sein könnte.

Eigentlich wollte sich Tim an diesem Morgen wieder unten an der Pumpe waschen. Doch bei so einem Wetter zog er das geschützte Badezimmer vor.

Nachdem er gefrühstückt und dabei über das Wetter geschimpft hatte, machte er sich kurz nach neun Uhr auf zum Weg an den Strand.

In seiner gelben Regenjacke, dem tief in die Stirn gezogenen Basecap und dem Ball im Netz, das über der rechten Schulter hing, sah Tim aus der Ferne betrachtet wie ein Fischer im Kleinformat aus.

Der Großvater stand noch einen Augenblick vor dem Katen, zog an einer kalten Pfeife und schaute seinem Enkel nach, von dem schon bald in dem milchigen Glanz dieses Augustmorgens nur noch ein schemenhafter Umriss zu erkennen war.

Noch einmal winkte er dem Jungen. „Viel Glück," flüsterte der Großvater und hätte gerne gewusst, warum gerade dieses Spiel eine solche Bedeutung für Tim und seine Freunde habe.

Tim beeilte sich nicht sonderlich. Ihm blieb genügend Zeit, um pünktlich oben am Steilufer zu sein.

Ein flaues Gefühl breitete sich in der Magengegend aus, ähnlich dem, das sich manchmal vor besonders schwierigen Klassenarbeiten in seinem Bauch breit machte. Sein Herz schlug plötzlich bis zum Hals und er musste schlucken. Hatte er etwa Angst? Angst vor Botel und seiner Bande? Angst vor einer möglichen Niederlage?

Tim blieb stehen und schüttelte den Kopf. 'Was soll das? Das ist ein Spiel! Und wenn schon, falls wir verlieren, dann bauen wir eben eine neue Burg. Damit hat es sich'.

Doch ganz so einfach war das nicht. Das wusste auch Tim. Es ist sicher leichter, andere an der Nase herumzuführen; sich selbst zu beschwindeln bringt meist nicht viel.

Natürlich wollte er unter allen Umständen das Spiel gewinnen. Dafür hatten sie die letzten Tage hart trainiert. Aber ob das ausreichen würde, um die anderen zu schlagen?

Diese Unsicherheit nagte wie eine Ratte an seinen Eingeweiden und ließ sein Herz schneller schlagen.

Und dann war da noch der Wunsch, Rache zu nehmen.

Rache für den Kinnhaken, den ihm Botel vor den Augen der anderen versetzt hatte. Dieses Gefühl wollte Tim eigentlich nicht zulassen. Doch der Schlag hatte nicht nur körperlich geschmerzt.

Derweil ging Tim seinen Weg zur Steilküste weiter.

Anders als an den Tagen zuvor strömten heute keine sonnenhungrigen Urlauber in die gleiche Richtung. Kein Stimmengewirr drang von der Küste bis in den Ort, und selbst der Geruch von Sonnenöl fehlte.

Wie eine Glocke hingen die dunklen Wolken tief über dem Land und schienen die Welt niedriger zu machen.

Kurz vor halb zehn hatte Tim den vereinbarten Treffpunkt an der Treppe erreicht. Er war nicht der erste vor Ort. Pfännchen, Ruhne und Sven unterhielten sich schon angeregt, als Tim eintraf.

Neben der in die Jahre gekommenen, morschen Holzbank saß der Professor in seinem Rollstuhl. Tim hatte ihn zuerst gar nicht bemerkt, um so erfreuter reichte er dem Jungen die Hand.

„Hallo, Professor, das ist stark, dass du bei dem Sauwetter

gekommen bist", schmeichelte Tim und zeigte mit dem Daumen nach oben.

„Aber du bist doch auch da, und ich habe es Locke versprochen." Der Junge, den sie Professor nannten, runzelte die Stirn, als wunderte er sich über Tims Worte.

„Alles klar, wir kennen dich ja. Ein Mann, ein Wort!"

Tim lächelte unsicher und schlug dem Professor mit der Hand auf die Schulter. Seit dem Reitunfall von Klaus, in dessen Folge dieser ab der Hüfte gelähmt war und einen Rollstuhl benutzen musste, fiel es Tim schwer, sich in der Nähe des Jungen wie früher zu verhalten. So als sei nichts gewesen. Wenn sie sich trafen, und das geschah nicht mehr so häufig wie vor dem Unfall, versuchte Tim besonders freundlich und entgegenkommend zu sein. Aber irgendwie ging meist etwas schief. So sehr er sich auch bemühte, es war nicht wie früher. Tim sprach auch mit dem Großvater darüber. Der meinte, dass es kein Patentrezept gebe. Aber er könne sich vorstellen, dass der Professor nach seinem Unfall mit seiner Behinderung genauso behandelt werden wolle wie vorher.

Leichter gesagt als getan. Tim versuchte, die Worte des Großvaters zu beherzigen. Aber die innere Bremse ließ sich bis jetzt nicht lösen.

In der Zwischenzeit hatte sich Sven zwischen Tim und den Professor gedrängelt.

„Schau mal, was ich mitgebracht habe." Sven hielt Tim eine Schachtel mit einem weißen Pulver unter die Nase. „Nun, was sagst du dazu?"

Tim sah den Freund fragend an.

„Mensch, das ist Talkum. Das brauchen wir bei diesem Mistwetter", stöhnte Sven und schlug sich mit der flachen Hand gegen die Stirn.

„Der Ball wird glatt werden. Da kann ein wenig von diesem Pulver auf die Fingerspitzen verteilt Gold wert sein."

Sven drehte den Deckel auf die Schachtel und fasste Ruhne an die Schulter. „Erkläre du ihm, wie entscheidend dieses Zeug für unser Spiel sein kann."

„Sven hat Recht, wir sind den anderen mit dem Talkum hier mindestens fünf Punkte voraus." Ruhne zwinkerte mit dem rechten Auge in Tims Richtung.

Sven, der davon jedoch nichts mitbekam, schien zufrieden. „Siehst du, so werden Sieger gemacht.", Mit wichtigem Gesicht steckte er die Schachtel in die Tasche seiner Trainingsjacke.

„Aber spielen müssen wir schon noch selbst." Pfännchen grinste Sven unverhohlen an. Der winkte jedoch nur ab und drehte sich zum Professor. „Warten wir hier oben auf die Angeberbande oder gehen wir schon runter? Du bist der Schiedsrichter und hast ab jetzt das Sagen."

Sven schaute in die Runde. Tim, Ruhne und Pfännchen nickten zustimmend.

„Ich bin der Meinung, dass du nicht in dieser Art über Botel und seine Freunde sprechen solltest." Der Professor kratzte sich mit dem Stift, der ständig hinter einem Ohr steckte und dazu diente, einen plötzlichen Gedanken notieren zu können, auf dem dicht behaarten Schädel. Aus dem Rollstuhl heraus suchten seine Augen die von Sven. Als sich ihr Blick traf, hielt Sven diesem jedoch nicht stand. Unsicher und auf Unterstützung hoffend, schaute er zu Tim. Doch dieser reagierte nicht.

„Der Professor hat meine volle Unterstützung." Locke, die soeben den Treffpunkt erreicht hatte, stellte sich hinter den Rollstuhl und stützte sich mit ihren Händen auf den Schultern des Jungen ab.

„Das sind keine Angeber, wirklich nicht. Ihr kennt sie ja gar nicht richtig." Lockes Augen funkelten.

„Jetzt reicht es. Vielleicht kannst du erstmal 'Guten Tag' sagen, bevor du uns hier niedermachst", empörte sich Tim.

„Ich kann es verstehen, wenn Klaus uns darauf hinweist, dass ein Gegner zu respektieren ist. Bitte. Bin ich mit einverstanden." Tim musste schlucken, bevor er weitersprechen konnte. Auf seiner Stirn hatte sich eine tiefe Falte gebildet, die ihn in diesem Moment wesentlich älter aussehen ließ.

„Weißt du, was Teamgeist bedeutet? Für dich ist das wohl ein Fremdwort! Aber ich will es dir sagen, meine Gute."

Tim stellte sich vor den Professor und schob seine Hände energisch in die Hüften.

„Teamgeist bedeutet, dass einer für den anderen da ist. Verstehst du? Einer für den anderen, ohne Abstriche."

Er beugte sich über den Jungen im Rollstuhl, der wie zum eigenen Schutz den Kopf eingezogen hatte, und fauchte in Lockes Richtung: „Aber das kannst du wohl nicht verstehen. Von mir aus, schlag dich auf die andere Seite. Geh doch zu denen. Wir halten dich nicht."

Die Köpfe der beiden Streithähne berührten sich fast bei Tims letzten Worten. In diesem Moment richtete sich der Professor in seinem Rollstuhl auf und schob Locke und Tim mit einer energischen und gleichwohl kraftvollen Armbewegung auseinander.

„Es besteht kein Grund zum Streiten. Wie ich Locke kenne, wird sie einen Teufel tun und zu Botel und seiner Mannschaft wechseln."

Locke nickte dankbar. „Ich kann mir auch nicht vorstellen, dass uns Locke so kurz vor dem Spiel im Stich lassen will."

Ruhne stellte sich neben Locke und legte seinen rechten Arm um ihre Schulter. „Natürlich nicht", flüsterte das Mädchen. „Ich wollte doch nur sagen", sie stockte und suchte nach den richtigen Worten.

„Vielleicht weiß ich, was du sagen willst?" Der Professor

drehte sich so weit, wie es ihm möglich war, zu Locke, die sich mit einer fahrigen Handbewegung durch das nasse, pechschwarze Haar fuhr.

„Botel und seine Freunde haben eure Burg besetzt. Sie führen sich wie Angeber ziemlich überheblich auf – und ihr wollt sie heute im Spiel auf jeden Fall besiegen. Sie sind eure Gegner. Das ist klar, und soweit seid ihr euch ja wohl auch einig. Aber da ist noch etwas. Locke hat Botel und Co. etwas näher kennengelernt. Übrigens auch in deinem Auftrag, Tim, so weit ich weiß, und es ist wie bei jedem Menschen, wie bei dir, wie bei mir." Der Professor schaute jedem der um ihn herum stehenden Kinder für den Bruchteil einer Sekunde in die Augen, bevor er weitersprach.

„Und siehe da, dieser Mensch Botel hat auch noch andere Seiten. Er kann nicht nur arrogant und überheblich sein, nein, vielleicht ist er sogar ziemlich nett. Es ist, wie es so häufig ist, alles Fremde, alles Unbekannte macht uns zuerst Angst. Und diese Angst nutzen wir, um den Gegner noch böser, noch schlimmer zu reden."

Locke nickte heftig mit dem Kopf und auch Pfännchen schien beeindruckt.

„Hast du verstanden, was ich dir sagen will?"

Tim, den der Professor mit der letzten Frage angesprochen hatte, senkte den Kopf und schob sein Basecap tief in die Stirn.

„Bin ich bescheuert? Trotzdem sind es unsere Gegner, und als Spieler brauche ich den nötigen Biß. Fehlt dieser, kann ich ja gleich einpacken." Zaghaft versuchte Tim sich zu verteidigen.

„Jetzt lasst uns doch runtergehen. Ihr quatscht und quatscht, damit gewinnen wir das Spiel bestimmt nicht", drängelte Sven, dem das viele Gerede auf die Nerven ging.

„Ja, kommt jetzt." Dankbar blinzelte Tim in Svens Richtung. Dieser zuckte kurz die Schulter, als wollte er sagen "man tut was man kann".

Während Pfännchen und Locke mit dem Volleyball und dem Netz zuerst die glitschige Holztreppe hinabstiegen, trugen Tim, Ruhne und Sven den Professor in dessen Rollstuhl Stufe für Stufe vorsichtig nach unten.

Dort angekommen ließen sie den Rollstuhl in den feuchten Sand. Die wenigen Stufen kosteten bei dem miesen Wetter doppelte Mühe, und so schnauften die Drei dann auch mächtig.

„Das ist ein gutes Aufwärmtraining", versuchte Ruhne der Anstrengung etwas Gutes abzugewinnen.

Bis zu den in den Ostseesand eingelassenen Netzstangen waren es noch gut zweihundert Meter. Tim hatte es sich einfacher vorgestellt, den Rollstuhl mit dem Professor auf dem Strand zu transportieren. Doch nun gab es kein Zurück.

„Wie wäre es, wenn wir den Professor zuerst tragen und dann den Rollstuhl holen?"

Sven, der noch japste, rieb sich die schmerzenden Oberarmmuskeln.

„Ach was, wir schaffen das schon. Wäre doch gelacht", versuchte Tim sich und seinen beiden Helfern Mut zu machen.

„Auf drei packen wir zu, du musst mehr die vordere Lehne greifen". Tim schob Sven ein kleines Stück nach vorn.

„Eins, zwei und drei."

Sechs bemühte Hände fassten den in den letzten Minuten scheinbar um etliches schwerer gewordenen Rollstuhl und hoben ihn in die Höhe. Vorsichtig und doch bemüht, rasch voran zu kommen, setzten die Jungen einen Fuß vor den anderen, den Blick auf das noch so weit entfernte Ziel gerichtet. Klaus lag mehr, als dass er saß, in seinem Rollstuhl und wurde bei jedem Schritt seiner Träger hin- und hergeschüttelt. Er sprach kein Wort, gab weder Hinweise, noch beklagte er sich. Er ließ es einfach geschehen.

Nach gut fünfzig Metern setzten Tim und seine Freunde den Professor ab und einigten sich, zwei Minuten Pause einzulegen.

Tim und Sven rutschten in den Sand und lehnten sich an eins der großen Räder des Rollstuhls. Den Mund weit geöffnet starrten sie auf das fast träge wirkende Meer. Sanft schlugen die Wellen auf den Strand und verursachten ein murmelndes Geräusch.

Dort, wo sonst der Horizont Wasser und Himmel sichtbar trennte, flossen die Elemente ohne Grenze ineinander.

„Eine schöne Schweinerei ist das heute mit dem Wetter. Auf nichts kannst du dich verlassen", schniefte Sven.

„Das sag ich dir". Tim hatte die Augen geschlossen und nickte zustimmend.

Plötzlich fuhr er zusammen. Auch Sven neben ihm zuckte, als wäre er gerade von einer Feuerqualle berührt worden.

Ein kurzer schriller Pfiff drang, scharf wie ein Pfeil, bis zu ihnen. Der Absender stand oben auf der Treppe und streckte die rechte Faust in den grauen, wolkenbehangenen Himmel.

Tim und Sven sahen sich an und raunzten zugleich: „Botel."

Botel und seine drei Freunde stürmten laut polternd die Treppe hinunter. „Denkt der, er ist Boris Becker?" Sven zog Tim am Arm nach oben.

„Von mir aus kann er sich für Beckenbauer oder Jan Ullrich halten." Tim spitzte die Lippen und winkte Ruhne zu sich.

„Los, wir müssen weiter." Als hätten die drei Jungen aus dem Auftauchen von Botel und den anderen ungeahnte Kraftreserven geschöpft, trugen sie den Professor bis fast in Höhe der Volleyballstangen, wo schon Pfännchen und Locke damit beschäftigt waren, das Netz anzubringen.

Doch sie schafften es eben nur fast. Fünfzehn Meter vor dem Spielfeld mussten sie erneut eine Pause einlegen.

In der Zwischenzeit hatten Botel, das Fuchsgesicht, Rocky und der mit dem Ring im Ohr die Jungen erreicht.

„Na, ihr seht ja schon ziemlich fertig aus." Botel grinste unverhohlen. „Und ihr wollt wirklich noch gegen uns spielen?" kicherte das Fuchsgesicht und tippte Sven gegen die Brust.

„Lass das, mein Freund, sonst setzt es was." Sven zischte Frank Bollermann, das Fuchsgesicht, so heftig an, dass dieser tatsächlich einen Schritt zurücktrat.

„Mein Gott, kann es sein, dass ihr ein wenig nervös seid?" Botel legte einen Arm um die Schulter seines Kumpels.

„Grüß Dich, Klaus", wandte sich Botel dann dem Professor zu. „Die haben dich ganz schön durchgerüttelt, was? Aber sei beruhigt, die letzten Meter werden dir vorkommen, als würdest du in einer Sänfte getragen."

Mit einer knappen Handbewegung beorderte er die drei anderen an den Rollstuhl, und ehe der Professor auch nur den Mund aufmachen konnte, schwebte er in seinem Stuhl schon in Schulterhöhe der Jungen.

Neben der Netzstange ließen sie ihn einen Moment später

sanft auf den Strand hinunter.

Tim, Ruhne und Sven sahen sich mit großen Augen an.

„Lass sie doch", fand Ruhne als erster die Sprache wieder.

„Angeber", zischte Tim wütend.

„Locke kann sagen, was sie will, die gehen mir auf den Keks. Los, komm jetzt."

Sven schob die beiden Freunde in die Richtung des Spielfeldes.

Fast bedächtig trotteten die drei die letzten Meter bis zu Pfännchen und Locke, die eifrig bemüht waren, das Netz zwischen den Stangen zu spannen. Auch hier beeilte sich Botel, seine Hilfe anzubieten. Während Locke und Pfännchen an der einen Netzstange das feuchte und somit um so schwerere Netz verknüpften, hielt Botel an der gegenüberliegenden Spielfeldseite das Netz scheinbar mühelos in Spannung. Als Locke und Pfännchen mit ihrer Seite fertig waren, huschten sie zu Botel, und unter lautem Gekicher befestigten sie auch dort das Netzende.

Tim, Ruhne und Sven hatten sich hinter den Rollstuhl des Professors gesetzt und beobachteten das Geschehen.

„Manchmal weiß man nicht, was man sagen soll. Sieh doch nur, wie der sich bei den Mädchen einschleimt, richtig ekelhaft." Sven schüttelte sich, so als sei er äußerst unangenehm berührt vom Verhalten Botels.

„Wahrscheinlich will er auf diese Weise unsere Moral untergraben und uns letztlich in unserer Kampfkraft schwächen. Dem traue ich alles zu", räusperte sich Tim vielsagend.

„Ich könnte wetten, das ist abgesprochen. Alles Taktik."

Tim spielte mit dem Zeigefinger im Sand, der an der Oberfläche, bedingt durch die Feuchtigkeit der letzten Stunden, eine zuckergussähnliche Haut bekommen hatte.

„Ach was, ich glaube, die haben sich überhaupt nicht vorbereitet. Die sind der Meinung, dass sie uns auch so schlagen."

Ruhne starrte auf seine Fußspitzen.

„Vielleicht", brummte Tim und beobachtete eine Uferschwalbe dabei, wie sie ihr Köpfchen vorwitzig aus dem kleinen Erdloch oben am Steilufer steckte, um anscheinend zu prüfen, ob sie es wagen sollte, bei diesem Wetter ihr kuschliges Erdnest zu verlassen.

Nach einigen hastigen Kopfbewegungen in alle Richtungen

zog sie sich wieder zurück. Es war kein Wetter für Schwalben an diesem Sonntag Vormittag.

Ruhne stieß Tim an.

„Träumst du? Sieh mal dort." Er deutete mit einer Kopfbewegung in die Richtung des Spielfeldes, wo das Fuchsgesicht, Rocky und der andere sich einspielten.

„Die haben schon etwas drauf", kommentierte Ruhne die Schmetterschläge des Fuchsgesichts, die die anderen beiden parierten.

„Im Spiel sieht das meist ganz anders aus", versuchte Tim Optimismus zu verbreiten.

„Meinst du?" Sven seufzte hoffnungsvoll. „Vielleicht verlernen sie ja ihr Können noch bis Spielbeginn oder sie haben sich dann völlig verausgabt, so wie die sich jetzt schon ins Zeug legen."

„Mit beidem ist wohl nicht zu rechnen", grinste Ruhne den staunenden Freund an.

„Aber wir sollten uns nicht schon vorher verrückt machen. Nur das Spiel entscheidet." Ruhne schien als einziger der drei von den Spielkünsten der anderen unbeeindruckt.

„Vielleicht sollten wir auch noch ein paar Bälle schlagen. Das hilft uns bestimmt weiter, als den Gegner vor dem Match zu bestaunen. Wir machen sie doch nur stark dadurch."

„Ruhne hat völlig recht. Kommt." Tim sprang auf und reichte Sven die Hand, um ihn hochzuziehen.

In diesem Moment ertönte aus der metallenen Pfeife des Professors ein kurzer Pfiff.

„Alle herkommen." Der Professor winkte die beiden Spielerparteien zu sich. „Es ist jetzt schon zehn Minuten nach zehn. In fünf Minuten beginnen wir mit dem Spiel. Ihr wisst, dass das Spielfeld zu beiden Seiten nicht den vorgegebenen Maßen entspricht", begann er seine kurze Rede, nachdem sich die Spieler beider Mannschaften in einem Halbkreis vor ihm aufgestellt hatten.

„Auch die Höhe des Netzes entspricht nicht den offiziellen Anforderungen. Ich habe es zwar nicht nachgemessen, aber jeder sieht wohl, dass es kaum zwei Meter hoch hängt. Ich muss euch nun fragen, ob ihr diese Bedingungen akzeptiert."

Der Professor schaute die Spieler fragend an. Botel und auch Tim zuckten die Schultern. „Von mir aus, ich denke, die anderen haben sowieso keine Chance, ob das Netz nun zwei Meter hoch hängt oder ein paar Zentimeter höher." Die Worte Botels entlockten seinen Freunden ein breites Grinsen.

Feindselig starrte Tim den Gegner an.

„Ist mir egal", murmelte er kaum hörbar.

„Das wäre dann geklärt. Übrigens", der Professor schaute zu Botel, „ihr könnt noch einen Spieler einsetzen. Ihr habt vereinbart, dass ihr fünf gegen fünf spielt."

Botel reagierte mit einer abwinkenden Handbewegung.

„Wir brauchen keinen fünften Mann", zischte das Fuchsgesicht überheblich in die Richtung der gegnerischen Partei.

Es hätte nicht viel gefehlt und Tim wäre den Jungen mit den strähnigen Haaren in diesem Moment angesprungen. Ruhne und Pfännchen hielten ihn jedoch zurück und verhinderten so die mögliche Prügelei.

„Angeber, du Nichtskönner", stammelte Tim aufgeregt.

„Lass das, Tim, das bringt doch nichts", versuchte Pfännchen den Freund zu beruhigen. Und in Richtung des Fuchsgesichts: „Du solltest den Ball lieber flach halten. Hochmut kommt meist vor dem Fall."

Das Fuchsgesicht schaute fragend zu Pfännchen und dann zu Botel. „Verstehst du nicht, was? Laß es dir von deinem Anführer nach dem Spiel erklären." Tim grinste hämisch.
„Jetzt beruhigt euch wieder. Der Streit soll im Spiel ausgetragen werden, das ist doch der Sinn des heutigen Matches, so wie ich euch verstanden habe. Ihr spielt zwei Gewinnsätze. Der Gewinner bezieht die Burg und hat das uneingeschränkte Sagen."
Der Professor war bemüht, die Streithähne wieder auf das bevorstehende Spiel zu orientieren.
„Ein Satz wird mit mindestens fünfzehn Punkten entschieden, dabei zwei Punkte Abstand. Meine Entscheidung gilt. Einverstanden?"
Alle Spieler nickten zustimmend.
„Botel und Tim, kommt jetzt zu mir, wir losen die Seite und den Ball. Die anderen können sich warm machen."
Während die drei Mitspieler Botels sich ihrer Jacken entledigten und hinter dem linken Spielfeld in karminroter Spielkleidung mit dem aufgedruckten Schriftzug „Winner" auf der Brust erste Dehnübungen durchführten, standen

Locke, Pfännchen, Sven und Ruhne noch unschlüssig hinter der Aus-Linie des gegenüberliegenden Spielfeldes.

"Schaut mal, die haben sogar einheitliche Trikots". Sven stand mit dem Rücken zum Spielfeld und zeigte betont unauffällig mit dem Daumen nach hinten.

„Hab ich schon gesehen, na und?" Pfännchen gab sich bemüht locker.

„Wir sollten uns jetzt auf uns konzentrieren", mahnte Ruhne, der allerdings gleichfalls etwas verlegen zu den Gegnern rüberschaute.

In diesem Moment kam Tim mit dem Ball in der Hand zu den Freunden.

„Was ist mit euch los? Ihr seht ja aus, als könntet ihr euch gar nicht satt sehen an unserem Gegner. Los jetzt, runter mit den Sachen und ab aufs Spielfeld. Wir bleiben auf dieser Seite und haben Aufschlag."

Tim streifte die Regenjacke ab und schob sein Basecap in eine der weiten Jackentaschen. Auch Ruhne, Sven und die Mädchen zogen sich bis auf ihre Trikots aus.

Wie ein bunt zusammengewürfelter Haufen standen die

Herausforderer einige Sekunden später etwas unschlüssig in ihrer Spielfeldhälfte.

Botel und seine Freunde hatten dagegen schon ihre Positionen eingenommen. Der mit dem Ring im Ohr stand in der Mitte am Netz. Dahinter warteten Botel und das Fuchsgesicht auf den ersten Ball und Rocky sollte die hintere Spielfeldgrenze absichern.

Ruhne schnappte sich Locke und Pfännchen und stellte sie an die abgesprochenen Positionen in ihrer Anfangsformation. Während Tim und Ruhne direkt vor dem Netz beginnen sollten, war Sven für die Mitte des Spielfeldes eingeteilt und hatte die Mädchen noch hinter sich.

„Ob ihr heute noch fertig werdet?" maulte das Fuchsgesicht und war sich der Zustimmung seiner Mitspieler sicher.

„Von mir aus, wir können beginnen."

Tim schaute zum Professor. Der nickte.

„Kämpft fair. Der Bessere möge gewinnen", rief er auf das Spielfeld.

Noch bevor er das Spiel anpfeifen konnte, erscholl aus den Kehlen von Botel und seinen Mitspielern ein lautes, langgezogenes „Heiii ..." Und dann: „Wir sind die Winner, wir schlagen sie. Heiii ..."

Etwas verdutzt drehte Pfännchen den Ball in ihrer Hand. Sie wirkte in diesem Moment irritiert und wusste nicht so recht, ob sie aufschlagen oder noch einen Augenblick abwarten sollte.

„Jetzt hau ihn rein", stöhnte Tim, der mit dem Rücken zum Netz stehend zu Pfännchen schaute. Diese wischte noch einmal betont bedächtig den feuchten Sand von dem Lederball, wog ihn in der linken Hand, bevor sie ihn in die Höhe warf. Wie der Ball nun immer mehr an Höhe gewann, streckte Pfännchen sich ganz lang. Ihr rechter Arm holte zu einer schlagenden Bewegung aus und die staunenden Mitspieler bekamen den Eindruck, dass Pfännchen den scheinbar langsam fallenden Ball mit einer solchen Wucht treffen würde, dass dieser von keinem Gegner der Welt pariert werden könnte.

Selbst die Gegenspieler um Botel hatten einen solchen Aufschlag noch nicht gesehen und verharrten, hingehockt und mit offenen Mündern, in angespannter Erwartung. Pfännchens puterrotes Gesicht zeigte eine wilde Entschlossenheit.

Die Augenlider hatten sich zur Hälfte über den Augapfel geschoben und aus den aufgeblähten Nasenflügeln entwich stoßweise die Atemluft. Als sich der fallende Ball kurz über ihrem Kopf befand, schnellte der Arm wie ein kraftvoller Flügelschlag nach vorn, die Hand war zu einer Faust geballt und jeder Funke Energie für diesen kurzen Moment in die rechte Hand Pfännchens geflossen.

Während auf der Gegenseite das Fuchsgesicht und auch Rocky an der hinteren Spielfeldgrenze in Erwartung eines Raketenaufschlags die Augen zukniffen und selbst Botel scheinbar etwas blasser um die Nase wurde, tänzelte Sven begeistert in der eigenen Spielfeldmitte herum. Ruhne verfolgte jede Bewegung Pfännchens mit anwachsender Begeisterung und Locke drückte fest die Daumen.

Tim jedoch hielt die Anspannung nicht mehr aus. Noch bevor Pfännchens Faust den Ball überhaupt treffen konnte, schrie er aus voller Kehle: „Mach sie fertig!"

Tim
und seine Freunde
wehren sich verzweifelt

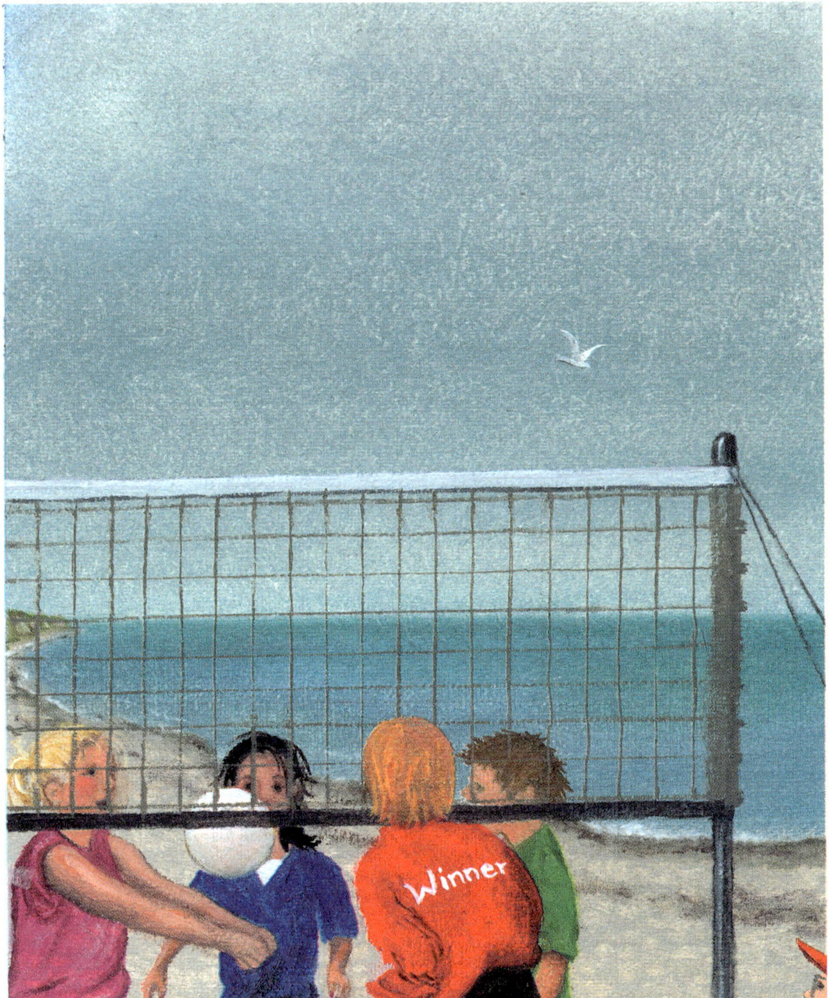
Winner

Genau fünfzehn Minuten später hatte Botels Mannschaft den ersten Satz mit fünfzehn zu eins gewonnen.

Pfännchens Faust hatte den glitschigen Ball beim Aufschlag zu Satzbeginn leider verfehlt, so dass der Volleyball in das eigene Spielfeld gekullert war und der Aufschlag sofort zum Gegner wechselte.

Da Pfännchen jedoch eine solche Wucht in ihren Schlag gelegt hatte, wurde sie wie von unsichtbarer Hand zu Boden gerissen. Während sich unter den eigenen Mitspielern Entsetzen breit machte und das Spiel von Tim und den anderen in der Folge wie gelähmt wirkte, konnten sich das Fuchsgesicht und seine Mitspieler vor Lachen kaum halten.

Obgleich sich Tim und seine Freunde anstrengten, ihnen gelang so gut wie gar nichts. Keine Abwehr am Netz war erfolgreich, kein Zuspiel klappte so, wie sie es geübt hatten.

Der einzige zählbare Punkt gelang mit Hilfe einer Windböe gerade zu dem Zeitpunkt, als der wolkenverhangene, gequält wirkende Himmel über ihnen seine Schleusen öffnete. Der aufschlagende Rocky war durch den heftig einsetzenden Regen so irritiert, dass er ins Aus schlug und der Aufschlag zu Sven wechselte. Während Botel und die anderen noch über das immer mieser werdende Wetter lamentierten, schlug Sven den Ball auf und traf ins gegnerische Spielfeld.

Doch selbst dieser Punkt konnte dem Spiel keine Wende geben. So waren Tim und seine Mitspieler auch froh, als der erste Satz zu Ende war.

„Ich versteh die Welt nicht mehr", knurrte Tim und schaute zerknirscht zu Ruhne.

Dieser schüttelte fassungslos den Kopf.

Tim und seine Freunde hatten sich für die fünfminütige Pause bis dicht an das Steilufer zurückgezogen. Nun hockten sie im klebrigen Sand und suchten nach Erklärungen für ihr miserables Spiel.

„Wenn Pfännchens Aufschlag gleich zu Spielbeginn drin gewesen wäre!" maulte Sven.

„Wenn, wenn. Das ist doch Schnee von gestern. Jeder kann mal den Ball verschlagen", nahm Ruhne die Mitspielerin in Schutz.

„Aber sie hat nicht einmal getroffen", hielt Sven dagegen.

„Das ist doch völliger Blödsinn. Wir haben alle grottenschlecht gespielt." Locke ordnete die feuchten Haare und winkte enttäuscht ab.

„Aber was haben wir falsch gemacht? Woran liegt es, dass die dort so leichtes Spiel mit uns haben?" Tim zeigte in die Richtung von Botels Truppe hinter dem Spielfeld.

„Ich weiß es auch nicht. Wir bemühen uns doch, aber nichts klappt."

Ruhne zuckte enttäuscht die Schultern. Auch er hatte keine Erklärung und vor allem, was noch wichtiger gewesen wäre, keine Idee, wie sie im zweiten Satz besser gegenhalten konnten. Dass sie womöglich dieses Spiel noch rumreißen könnten, davon sprach keiner der fünf Freunde mehr. Zu groß war die Überlegenheit der gegnerischen Mannschaft im ersten Satz und zu schwach hatten sie selbst gespielt.

Irgendwie hatten sie sich zu diesem Zeitpunkt schon aufgegeben, zu enttäuscht waren sie, zu sehr haderten sie mit dem eigenen Schicksal.

„Wie wäre es, wenn ihr wieder an euch glaubt?"

Unbemerkt von den Kindern war Tims Großvater die Treppe

zum Strand hinabgestiegen und zu ihnen gelaufen. Jetzt stand er, gestützt auf seinen geschnitzten Gehstock, das graue Regencape über die Schultern geworfen und die abgegriffene Schirmmütze tief ins Gesicht gezogen, neben ihnen und rieb sich die triefende Knollennase.

„Ich habe das Spiel von oben gesehen." Der Großvater deutete mit einer knappen Kopfbewegung zum Steilufer rauf.

„Ihr müsst einfach nur spielen. Ihr habt es geübt. Ihr könnt es."

„Sie haben doch gesehen, was dabei rausgekommen ist", seufzte Sven.

„Ihr müsst nicht krampfhaft versuchen, das Spiel zu gewinnen. Die anderen sind heute stärker als ihr. Doch ihr müsst am Spiel Freude haben, dann gelingen euch auch die eingeübten Spielzüge. Freude ist das Zauberwort. Glaubt mir. Ich bin vor vielen Jahren mal auf einer Fahrt nach …"

„Och, bitte, Großvater, was willst du denn hier? Es ist jetzt nicht der richtige Zeitpunkt für eine deiner Geschichten. Bitte", stöhnte Tim genervt.

Im selben Moment hörten die Kinder einen Pfiff, der ihnen anzeigte, dass das Spiel in einer Minute fortgesetzt werden würde.

„Siehst du, wir müssen gleich spielen", brummte Tim und holte tief Luft.

„Aber dein Großvater hat vielleicht gar nicht so Unrecht", sagte Ruhne und sprang auf.

„Wir haben wirklich zu verkrampft gespielt. Das stimmt. Wenn wir schon das Spiel nicht gewinnen, so lasst uns doch etwas Spaß haben. Vielleicht klappt dann unser Zuspiel sogar besser."

Sven runzelte die Stirn und es hatte den Anschein, als könnten ihn die Worte des Großvaters und die von Ruhne nicht überzeugen.

„Sieh dir das Mistwetter an, dann unser Spiel, eins zu fünfzehn, na fabelhaft – wo soll da Freude aufkommen? Ich spiele, um zu gewinnen."

Tim nickte heftig. „Ich sehe das auch so. Es geht doch schließlich um etwas."

Der Großvater, dem das Regenwasser trotz der Kopfbedeckung über das Gesicht rann, kaute auf seinem Pfeifenstiel. Er schien in Gedanken versunken, nur ab und an neigte er den Kopf ein wenig nach links, dann wieder nach rechts, so als wollte er sagen: Macht es so, wie ich es euch geraten habe.

„Freude müßt ihr haben, Freude", murmelte er und begab sich an den Spielfeldrand.

In der Zwischenzeit hatten sich auch Tim, Sven und die Mädchen erhoben. Auf dem Weg zum Spielfeld hielten sie noch einmal kurz an.

„Also, lasst uns einfach spielen, so wie es Tims Großvater gerade gesagt hat. Versuchen wir, nicht an das Ergebnis zu denken, vielleicht haben wir dann auch mehr Spaß und Erfolg als im ersten Satz."

Pfännchens Stimme klang aufmunternd.

„Wenn du meinst. Aber ich bin mir nicht sicher", brubbelte Sven.

„Wir sollten es versuchen." Ruhne nickte eifrig.

„Es kann zumindest kaum noch schlechter werden", stellte Tim lakonisch fest und setzte seinen Weg fort.

„Wir müssen an uns glauben, dann packen wir es auch. Ich habe das neulich gerade in einem amerikanischen Film gesehen." Locke verschluckte sich an der eigenen Spucke und

musste husten. Pfännchen schlug ihr mit der flachen Hand einige Male auf den Rücken, doch Locke winkte nur ab.
„Ist schon gut", prustete sie mit feuchten Augen und folgte den anderen auf das Spielfeld.
Der zweite Satz begann so, wie der erste geendet hatte – mit einem Punkt für Botels Mannschaft. Auch die Punkte zwei, drei und vier holten sich die anderen ohne größere Probleme. Wie es aussah, fanden Tim, Ruhne, Sven und die Mädchen heute einfach nicht zu ihrem Spiel.
Der Großvater riss sich beim vierten Punkt der gegnerischen Mannschaft wütend die Mütze von seinem Kopf und warf sie laut fluchend in den Sand.
„Himmelherrgott noch eins, das ist doch nicht zu fassen."
War das ein Signal, die Initialzündung für ein besseres Spiel der Mannschaft um seinen Enkel Tim?
Ein neutraler Beobachter hätte es vermuten können. Doch außer den Spielern, dem Professor und dem Großvater hatte sich kein Mensch an diesem regnerischen Sonntagvormittag an den Strand verirrt.

Der nächste Ball war heiß umkämpft. Ein Ruck schien durch die Mannschaft zu gehen. Sven konnte den wiederum scharf reingeschlagenen Ball von Botel gut annehmen und gab zu Tim ab. Er stellte zu Ruhne, der den Ball über die Netzkante ins gegnerische Spielfeld rollen ließ. Der Aufschlag wechselte und wie zu Beginn des ersten Satzes musste Pfännchen aufschlagen.

Während das Fuchsgesicht, Botel und die beiden anderen noch über den verlorenen Aufschlag diskutierten und sich nicht einig wurden, wer den entscheidenden Fehler begangen hatte, gab der Professor das Spiel wieder frei.

Dieses Mal zögerte Pfännchen keine Sekunde. Mit einem kurzen trockenen Schlag schmetterte sie das nasse Leder ins gegnerische Feld.

„Eins zu vier", rief der Professor.

Botel und das Fuchsgesicht liefen wutentbrannt zu ihm.

„Das ist Beschiss. Wir waren noch nicht fertig."

Tim, der vor dem Aufschlag vorsorglich die Augen geschlossen hatte, blinzelte erstaunt.

Als er sah, dass der Ball ohne Netzberührung im gegnerischen Spielfeld gelandet war, rieb er sich erst die Augen und stürzte dann auf Pfännchen zu.

„Klasse, einfach Klasse." Tim umarmte das Mädchen, der diese Art von Begeisterung sichtlich unangenehm war, und jubelte. Auch die anderen freuten sich und schlugen Pfännchen anerkennend auf die Schulter.

„Super gemacht. Alle Achtung", strahlte Sven und gab Pfännchen zur Überraschung aller einen schmatzenden Kuss mitten auf die Stirn.

Als wenn nicht schon die Begeisterung der Freunde nach diesem ersten Punkt im zweiten Satz ziemlich übertrieben gewesen wäre, das jetzt ging zu weit, dachte Pfännchen und drehte sich unvermittelt um.

Sie lief mit auf den Boden gerichteten Blick dorthin, wohin der Ball nach dem gelungenen Aufschlag gesprungen war.

Mit dem rechten Handrücken rieb sie sich die Stirn, gerade an der Stelle besonders kräftig, auf die Sven vor einem Augenblick seine feuchten Lippen gedrückt hatte.

Auch der Großvater tänzelte begeistert an der Seitenlinie.

„Macht weiter so. Die sind jetzt nervös", schallte es aufs Spielfeld.

Während Botel und das Fuchsgesicht unverrichteter Dinge enttäuscht und gleichzeitig zornig vom Professor zu ihren Mitspielern zurückkehrten, standen Tim, Ruhne und die anderen schon wieder spielbereit auf dem Platz.

„Die sind angeschlagen", flüsterte Tim in Ruhnes Richtung.

„Und bestimmt doppelt gefährlich", antwortete der Freund.

Der Professor gab das Spiel frei. Pfännchen hob zum Zeichen, dass sie jetzt aufschlagen werde, den rechten Arm.

Plötzlich richteten sich alle Blicke auf die Seitenlinie.

An dieser stand der Großvater von Tim, klatschte in die Hände und rief: „Das macht Spaß, das macht Spaß, wir schlagen sie. Juchhey." Dabei beugte er sich mit dem Oberkörper nach vorn, knickte, soweit es seine Behinderung zuließ, in den Knien ein, streckte die Arme aus und schüttelte diese. Dann richtete er sich langsam auf und warf die Arme nach oben. „Juchhey."

„Eine Ein-Mann-Laola", raunte Sven und grinste.

Botel und seine Mitspieler sahen sich verblüfft an. „Meint ihr, das beeindruckt uns?" knurrte Botel für alle gut hörbar.

„Wenn das alles ist."

Das Fuchsgesicht wischte sich das plitschnasse Gesicht mit dem aus der Hose hängenden Teil seines Trikots ab.

Neben ihm schlug der Ball zum zweiten Punkt für Tims Mannschaft auf. Bis auf drei zu vier holten sie auf. Dann wechselte der Aufschlag erneut und die gegnerische Mannschaft zog wieder auf mehrere Punkte davon.

Doch im Gegensatz zum ersten Satz klappte das Spiel von Tim und seinen Freunden jetzt wesentlich besser. So wechselte der Aufschlag mehrfach hin und her.

Der Großvater am Spielfeld war begeistert. Mal warf er seine Mütze in die Luft, ein anderes Mal schmiss er den Stock weit von sich oder er tanzte wie Rumpelstilzchen an der Linie entlang.

Auch Tim, Ruhne, Sven und die Mädchen hatten richtigen Spaß, während Botel und die anderen immer verbissener in ihrem Spiel wurden und sich so kaum für möglich gehaltene Fehler einschlichen.

Nach fünfundzwanzig Spielminuten des zweiten Satzes stand es dreizehn zu dreizehn. Rocky hatte Aufschlag und seine Mannschaft benötigte nur noch zwei Punkte, dann hätten sie den Satz und damit auch das Spiel gewonnen.

Rocky steckte die glänzende Kette betont lässig in den Ausschnitt seines Trikots. Er spuckte auf das völlig durchnässte Leder des Balls, verrieb die Spucke auf der Oberfläche, ehe er bedächtigen Schrittes, dabei dem Fuchsgesicht zuzwinkernd, zur Aufschlaglinie ging.

Der Junge war sich der Bedeutung seines Aufschlags bewusst. Zum Erstaunen aller anderen Spieler postierte er sich mit dem Rücken zum Spielfeld, warf den Ball nach oben und schlug diesen kräftig und zielsicher über den Kopf hinweg direkt zwischen Tim und Ruhne.

„Fünfzehn zu vierzehn. Satz- und Spielball", entschied der Professor mit fester Stimme und ohne auch nur eine Sekunde zu zögern.

Jetzt war es an Tim und Sven zu protestieren. Lauthals und vom Großvater unterstützt, redeten sie auf den Professor ein. Sie waren der Ansicht, dass der Aufschlag mit dem Gesicht zum Spielfeld ausgeführt werden müsste. Doch auch dieses

Mal ließ der Professor in seiner Funktion als Schiedsrichter nicht mit sich reden.

Ruhne versuchte, die beiden zu beruhigen. „Kommt schon. Wir müssen uns auf den nächsten Ball konzentrieren", ermahnte er die Freunde.

„Wir haben so gut dagegen gehalten. Noch dieser Ball, dann ist vielleicht wieder alles offen."

„Oder wir haben das Spiel verloren", schnaufte Tim wütend.

„Ach was, jetzt denk nicht daran", versuchte Pfännchen Tim aufzumuntern. Sie stand in Erwartung des erneuten Aufschlags etwas breitbeinig, mit nach vorn gebeugtem Oberkörper in der Mitte des Spielfelds und fixierte den aufschlagenden Rocky mit starrem Blick.

„Er wird es noch einmal probieren. Pass bloss auf", murmelte sie. Tim wusste nicht, ob Pfännchen jetzt ihn meinte oder sich selbst Mut zusprach.

Rocky indes wiederholte tatsächlich die Prozedur von vorhin. Wiederum schlug er den Ball kraftvoll, mit dem Rücken zum Spielfeld stehend, ins gegnerische Feld.

Wie eine Bogenlampe senkte sich der Ball kurz hinter dem Netz, um zum alles entscheidenden Punkt im Sand aufzuschlagen.

Ruhne und Locke waren zum Block hochgestiegen, doch trotz ihrer verzweifelten Bemühungen, sie erreichten den Ball nicht.

Das war der Moment, in dem Pfännchen sich mit einem markerschütterndem Schrei dem fallenden Ball entgegenwarf. Für den Bruchteil einer Sekunde lag sie horizontal zum Boden in der Luft, bevor ihr pummliger Körper auf den Sand platschte. Noch bevor das allerdings geschah, hatte sie zum Erstaunen der eigenen Mitspieler und der gegnerischen Mannschaft dem Ball eine solche Richtung gegeben, dass Tim hinter ihr diesen ohne größere Probleme annehmen konnte.

„Super. Ich hab ihn", schrie Tim aufgeregt. Mit gekonntem Abspiel stellte er den Ball zu Ruhne ans Netz, der diesen nur noch leicht anzutippen brauchte, in der Absicht, den Ball ins gegnerische Spielfeld zu befördern.

Ruhne streckte sich, gefühlvoll federten seine Finger unter

den Ball. Dieser gewann an Höhe, plumpste jedoch plötzlich und für alle völlig unerwartet auf die Netzkante. Hier tänzelte er einen Moment und es hatte den Anschein, als könne er sich nicht entscheiden, zu welcher Seite er fallen solle.

Mit weit aufgerissenen Augen starrten die Spieler auf das, was in der Mitte des Spielfeldes passierte.

Der Großvater saß im Sand und schaukelte mit dem Oberkörper unbewusst vor und zurück. Die Spannung war kaum zum Aushalten. Plötzlich hielt er in der Bewegung inne. Für einen kurzen Moment hatte es den Anschein, als setze seine Atmung aus. Die buschigen Augenbrauen fielen wie zwei Rollos über die vorher ungläubig blickenden Augen und die kalte Pfeife glitt aus dem Mundwinkel in den Sand.

Das war genau der Moment, in dem sich der Ball entschieden hatte, zurück in das Spielfeld von Tim und seinen Freunden zu kullern.

Tim
taucht nach dem Schatz
und ist unvorsichtig

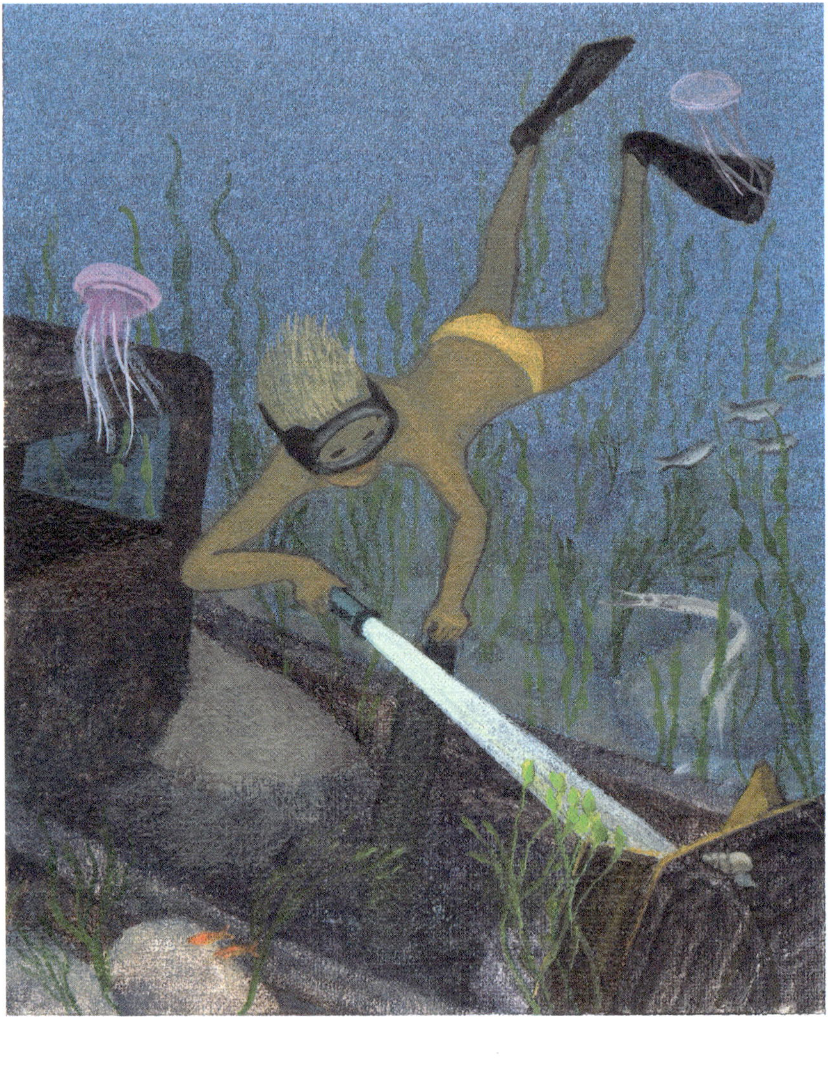

„Satz und Spiel gehen an Botels Mannschaft", verkündete der Professor laut. Freude, Entsetzen und Enttäuschung lagen jetzt dicht beieinander.

Während Botel und seine Mitspieler es anfangs noch gar nicht fassen konnten, dass der Ball tatsächlich zurück in das Spielfeld des Gegners gefallen war und sie somit das Spiel gewonnen hatten, zögerten Tim, Ruhne, Sven und die Mädchen beim Verlassen des Spielfelds.

Sollte wirklich alles vorbei sein? So richtig mochte es keiner zu diesem Zeitpunkt glauben.

„Wir waren so nahe dran", schluchzte Pfännchen und wischte sich nicht nur das Regenwasser aus dem Gesicht.

Nachdem Tims Mannschaft auf Drängen des Professors dem Gegner zum Sieg gratuliert hatte, bauten die Jungen noch das Netz ab, um danach jeder für sich eilig nach Hause zu laufen. Bevor sie sich jedoch auf den Heimweg machten, verabredeten sich die Freunde noch für den späten Nachmittag. Sie wollten erneut zum Wrack tauchen.

Es schien so, als ob jeder aus Tims Mannschaft diese Niederlage erst einmal für sich allein verdauen musste.

Besonders Tim und Pfännchen schien der Ausgang des Spieles sehr getroffen zu haben.

Pfännchen schluchzte und schniefte, so dass sie sich von Locke ein Taschentuch geben lassen musste. „Die Welt ist so ungerecht, so ungerecht", klagte sie. Dabei kramte sie in ihren Taschen und schob ein Bonbon nach dem anderen in den Mund.

Tim bedankte sich noch beim Professor, der von Botel und seinen Freunden nach oben getragen wurde.

Dann rannte er, was das Zeug hergab, zum Katen der Großeltern. Den Großvater, der nach ihm rief, ließ er unbeachtet stehen.

Sie hatten das Spiel und die Burg verloren, da konnte Tim nicht so einfach zur Tagesordnung übergehen. Er brauchte jetzt etwas Zeit zum Nachdenken. Doch die Gedanken kreisten in seinem Kopf wie ein Schwarm Mücken an einem späten Sommerabend. Bilder vom Spiel tauchten auf, dann wieder die Gesichter von Botel und den anderen, hämisch zu einem Grinsen verzerrt. Besonders lange hielt sich das Bild des auf dem Netz tanzenden Balles. Tim war versucht, in Gedanken den Ball anzutippen, ihm eine andere Richtung zu geben. Doch immer wieder fiel der Ball in das Spielfeld der eigenen Mannschaft.

'Satz und Spiel gehen an Botels Mannschaft!' tönte es wieder und wieder in seinem Kopf.

Als Tim das Haus der Großeltern erreicht hatte, lief er grußlos an der erstaunten Großmutter vorbei. Selbst der Duft von gebratenem Fisch, der aus der Küche drang, ließ Tim nicht eine Sekunde zögern, schnurstracks auf sein Zimmer zu eilen. Er rollte den Ball in die Ecke, zog die völlig durchnässte Kleidung aus und warf sich auf das Bett. Bis über den Kopf zog er die Bettdecke. Nichts wollte er mehr sehen von dieser Welt, zumindest nicht in diesem Augenblick.

Einige Zeit später aber saß Tim wieder am Strand und wartete auf seine Freunde. Der Himmel war aufgezogen, die Luft angenehm warm. Eine leichte Brise wehte und es regnete nicht mehr.

Tim hatte mehr als zwei Stunden tief und fest geschlafen. Von der Großmutter bekam er nach dem Aufstehen noch zwei gewärmte Pfannkuchen mit Apfelmus. Und er ließ es sich schmecken.

Der Großvater, der seinen Enkel beobachtete, schüttelte den Kopf. Wie konnte der Junge die Niederlage so rasch verdaut haben?

Fragen stelle er jedoch keine.

„Hallo. Hast du gesehen, Botel und seine Bande liegen vorne in unserer Burg." Sven ließ das Schlauchboot von seinem Rücken auf den steinigen Grund gleiten.

„Das kratzt mich überhaupt nicht", antwortete Tim und lächelte.

„Die Sache ist erledigt. Oder willst du dir deshalb graue Haare wachsen lassen? Wir bauen eine neue Burg, wenn wir wollen. Na und?"

Sven sah seinen Freund erstaunt an.

„Versteh dich, wer will. Die Ganoven machen es sich in unserer Burg schön gemütlich und lachen sich ins Fäustchen und du faselst etwas von neuer Burg bauen."

Sven setzte sich und schüttelte verständnislos den Kopf.

„Was willst du machen? Wir haben das Spiel verloren, damit auch unsere Burg. Das war unsere Idee. So ist das Leben."
„So ist das Leben", höhnte Sven. „Was soll das nun wieder?"
„Schau mal", Tim drehte sich auf den Bauch und deutete mit dem Kopf in Richtung der besetzten Burg.
„Die denken doch, sie sind die Gewinner des Tages."
„Und ist das nicht der Fall?" fiel Sven dem Freund ins Wort.
„Nein, aber lass mich mal ausreden."
In der Ferne tauchten Ruhne und die Mädchen auf. In Höhe der Burg blieben sie stehen und schienen sich mit Botel und den anderen zu unterhalten.
„Wir werden heute Abend die wahren Sieger des Tages sein. Wenn sich die Bodenluke des Wracks öffnen lässt, dann können wir auch an die Ladung ran. Was meinst du, wie dann diese Halunken", Tim zeigte mit dem Daumen in Botels Richtung, „sich ärgern werden."
„Vorausgesetzt, wir finden auch etwas Brauchbares dort unten". Sven runzelte die Stirn.
„Davon bin ich überzeugt. Du etwa nicht?" Tim rieb sich die Hände.

In der Zwischenzeit hatten auch Ruhne und die Mädchen den Treffpunkt erreicht. Ruhne warf seine Taucherausrüstung und einen Beutel mit dem Werkzeug auf einen der riesigen, glatten Felsbrocken und holte tief Luft. „Dann wollen wir mal. Vielleicht werden wir ja heute reich." Er schmunzelte und legte den Kopf in den Nacken.

„Du bist auch gut drauf, was?" zischte Tim. Es hatte ihm gar nicht gefallen, dass sein Freund sich so lange vorne bei Botel aufgehalten hatte.

„Hast du denen noch ein paar Tips für das nächste Spiel gegeben?" Tim kramte in seinen Hosentaschen und vermied es, den Freund anzusehen.

„Weißt du, Tim, irgendwann muss genug sein. Wir haben das Spiel verloren, und damit hat es sich!" Lockes Worte klangen fest und bestimmt, so als hätte sie sich schon lange vorher vorgenommen, Tim die Meinung zu sagen.

„Hab ich mit dir gesprochen? Ich kann mich nicht erinnern", zuckte Tim die Schultern und drehte sich auffällig langsam weg. „Aber Locke hat recht. Die Sache ist erledigt. Wir haben das Spiel verloren und die anderen haben es gewonnen. So einfach ist das." Ruhne fingerte unschlüssig an dem Beutel, in dem er das Werkzeug transportiert hatte.

„Und glaub mir, ich hätte lieber gewonnen. Bestimmt." Er suchte Blickkontakt mit Tim. Dieser allerdings tat so, als ginge ihn die ganze Sache gar nichts mehr an. „Trotzdem sind das Angeber. Da kannst du mir sagen, was du willst, die mit ihrem Getue." Sven legte Tim den Arm um die Schulter und ballte sichtbar für die anderen die Fäuste.

„Lass uns jetzt tauchen. Die werden noch große Augen kriegen." Sven sah in Richtung der Burg.

Tim nickte dankbar und begann sich zu entkleiden. Als er sah, dass Ruhne und die Mädchen nicht sogleich seinem Beispiel folgten, forderte er sie auf, sich zu beeilen.

„Nun macht schon. Der Höhepunkt des Tages kommt erst noch. Wir wollen doch mal sehen, wer der wahre Champion ist."

Ruhne und die Mädchen schüttelten verwundert die Köpfe. Allerdings folgten sie Tims Beispiel und wenige Minuten später standen die Freunde bis zu den Knien im warmen Ostseewasser.

Ruhne und Sven zogen das Schlauchboot mit dem Werkzeug, den Taucherbrillen und Flossen auf das offene Meer, während die Mädchen vorsichtig einen Fuß vor den anderen setzten, um ja nicht auf dem meist steinigen Grund das Gleichgewicht zu verlieren. Tim schwamm den anderen voraus. Er drehte sich ab und an auf den Rücken und sah nach dem Schlauchboot und manchmal auch in die Richtung der Burg. Zu gern würde er heute noch Botel und den anderen mit dem gehobenen Schatz gegenüber treten.

Diese Vorstellung bereitete Tim großes Vergnügen und in Gedanken rieb er sich schon die Hände.

Es dauerte etwas mehr als zehn Minuten, dann hatten die fünf die zweite Sandbank hinter sich gelassen und das Gebiet erreicht, in dem das Wrack lag.

„Ich tauche als erster." Tim hatte die Flossen bereits übergestreift und setzte die Taucherbrille auf. Pfännchen band ihm die Leine um den Bauch und versuchte dann, ins Schlauchboot zu klettern.

„Vielleicht kann mir mal jemand helfen", brummte sie, als dieser Versuch kläglich scheiterte.

„Na los, meine Gute." Sven grinste über das ganze Gesicht, als er Pfännchen schwungvoll in das schaukelnde Gummiboot hievte. Diese fiel mit dem Gesicht auf den Boden und strampelte dabei mit den Beinen.

„Ein Anblick für die Götter. Schade, dass wir dich nicht fotografieren können." Tim klatschte in die Hände.

„Aber jetzt ist Schluss mit lustig. Gib mir die Zange."

Es dauerte noch einen Moment, bis Pfännchen ein sicheres Plätzchen in dem Boot gefunden hatte. Nachdem sie Tim das geforderte Werkzeug gereicht hatte, gab sie etwas mehr Leine. „Von mir aus kannst du jetzt runter. Ich bin bereit." Pfännchen streckte den Daumen nach oben.

„Viel Glück", riefen auch Sven und Ruhne, als der Freund das Mundstück des Schnorchels zwischen die Zähne schob und mit kräftigen Armzügen fortschwamm.

„Glaubst du, ob wir etwas finden?" Sven blickte Ruhne fragend an. Doch der kannte die Antwort nicht. „Vielleicht", brummte er und sah gebannt auf das Wasser.

Die Sicht unter Wasser war gut. Tim konnte sehr rasch die Umrisse des gesunkenen Schiffes ausmachen. Mit einigen wenigen Beinschlägen hatte er das Wrack erreicht. Das Deck des Schiffes war durch die Arbeit der drei Jungen in den vergangenen Tagen freigelegt und Tim suchte zuerst nach dem blinkenden Griff der Tür, hinter der er die Ladung vermutete. Als Tim den Griff entdeckt hatte, versuchte er mit Hilfe der Zange den Türgriff zu drehen. Er hoffte, dass sich dann die Tür öffnen ließe.

Doch der Griff gab nicht einen Millimeter nach, so sehr sich Tim auch anstrengte.

Nach einer knappen Minute unter Wasser spürte Tim einen Zug an der Leine zum Zeichen, dass Pfännchen der Ansicht war, er müsse hochkommen.

Natürlich wäre Tim am liebsten noch etwas länger am Wrack geblieben. Doch der Zug an der Leine wurde entschiedener, so dass er sich langsam auf den Weg an die Wasseroberfläche machte.

Ruhne war der nächste, der abtauchte. Auch er hatte keinen Erfolg. Mehr als fünfmal tauchte jeder der drei Jungen in der Folge zum Wrack runter. Immer ohne Erfolg.

„Es ist wie verhext. Am besten, wir sprengen die Tür auf."

Svens Worte klangen verzweifelt. Keuchend hielt er sich am Schlauchboot fest. Er war der letzte, der es versucht hatte, die Tür zu öffnen.

„Ich weiß auch nicht weiter." Tim verschränkte die Arme und stand dank seiner rhythmischen Flossenbewegungen bis zur Brust im Wasser. Während er grübelte und überlegte, wie sie doch noch an die Ladung des Schiffes kommen könnten, beobachtete er, wie Botel und die anderen ins Wasser liefen und auf das offene Meer zuschwammen.

„Vielleicht sollten wir mal zu dritt nach unten tauchen?" Ruhne rieb sich das Gesicht, auf dem der Gummi seiner Taucherbrille einen sichtbaren Abdruck hinterlassen hatte.

„Zu dritt haben wir bestimmt eine Chance." Aus Svens Worten klang wieder Hoffnung." Was meinst du, Tim?"

„Kommt gar nicht in Frage", mischte sich Pfännchen entschieden ein. „Wir haben nur eine Leine und die Sicherheit geht vor."

„Ob wir nun mit der Leine abtauchen oder ohne. Das Wrack liegt nur ein paar Meter tief. Was soll da schon passieren? Außerdem kennen wir jetzt das Revier. Und wenn wir zu dritt unten sind, dann kann einer dem anderen helfen."

Auch Tim sah in dem Vorschlag von Ruhne eine Möglichkeit, heute doch noch in das Innere des Schiffes vorzudringen.

„Ich bin auch dagegen", meldete sich Locke zu Wort, die inzwischen zu Pfännchen ins Schlauchboot gekrabbelt war.

„Wir sollten kein Risiko eingehen".

„Risiko. Was heißt hier Risiko? Was soll schon passieren? Die See ist ziemlich ruhig, die Sicht jetzt hervorragend. Ich weiß gar nicht, was ihr habt." Sven lächelte einnehmend.

„Wir sollten abstimmen." Tim schaute triumphierend die Freunde an.

„Wer dafür ist, dass wir jetzt zu dritt zum Wrack tauchen, der hebt die Hand."

Die Arme von Sven, Ruhne und Tim streckten sich nach oben.

„Auf die Gegenprobe können wir also verzichten", schmunzelte Tim. „Tut mir leid, aber das ist Demokratie."

Die drei Jungen frohlockten. „Schöne Demokratie", brummte Pfännchen und auch Locke verzog ärgerlich das Gesicht.

„Einer von uns wird ja am Seil hängen", versuchte Tim einzulenken, als er die Verärgerung der Mädchen bemerkte.

„Ich denke, wir leinen den Kleinsten an." Tim schielte zu Sven, der nur abwinkte. „Immer bin ich dran", brummte er, griff jedoch gleichzeitig nach der Strippe.

„Somit ist wieder alles in bester Ordnung." Tim hatte sich schon die Taucherbrille aufgesetzt. Da er jetzt genau wußte, an welcher Stelle er abtauchen musste, ließ er seinen Schnorchel im Boot zurück. In der Hand hielt er die Zange. Ruhne hatte sich den Hammer gegriffen und Sven führte die Eisenstange, mit deren Hilfe die Jungen unter Umständen das Schloß aufbrechen mussten.

Noch einmal schauten sich die drei Schatzsucher an. Über Tims Gesicht huschte ein Lächeln. Ruhne blickte gelassen und ruhig, während Sven mit weit aufgerissenen Augen zu den anderen sah. Auf Ruhnes Kommando tauchte einer nach dem anderen ab in der Hoffnung, gemeinsam das letzte Hindernis aus dem Weg zu räumen.

Zuerst versuchten Tim und Ruhne noch einmal, und dieses Mal mit vereinten Kräften, den Griff der Tür zu drehen. Schnell bemerkten sie jedoch, dass diese Angelegenheit auch zu zweit wenig Erfolg hatte. Mit einer knappen Handbewegung forderte Ruhne dann das Eisen von Sven, der den beiden Freunden bei den verzweifelten Bemühungen, den Griff zu drehen, vom Bug des Schiffes aus zugesehen hatte. Sven beeilte sich, dem Freund das Werkzeug auszuhändigen. Dieser schob das flach zulaufende Ende der Stange mit einer kräftigen Armbewegung unter das Scharnier, das unter dem Griff mit vier Metallstiften am Holz befestigt war.

Mit vereinten Kräften mühten sich Ruhne und Tim, das Scharnier abzuheben. Erst beim dritten Tauchgang gelang dieser Kraftakt.

Sven und Ruhne konnten das Scharnier vollständig lösen und Tim drehte mit Hilfe der Zange den metallenen Griff nach links. Anschließend klappten die Jungen mit vereinten Kräften die Holztür auf.

– Endlich! – Tims Augen leuchteten und Sven musste den Freund am Arm nach oben ziehen, so eifrig war dieser bei der Sache.

„Jetzt wird es spannend", keuchte Tim, als er sich für einen Moment am Schlauchboot festhielt, um Luft zu holen.

„Ich tauche unter Deck, einverstanden?" Tim wartete keine Antwort ab, sondern schnappte sich die Taucherlampe aus dem Boot. Er hatte es eilig, wieder nach unten zu kommen.

Pfännchen und Locke schüttelten die Köpfe, als Tim nach dieser nur kurzen Ruhepause wieder unter Wasser tauchte. „Passt auf ihn auf, er überschätzt sich." Pfännchens Stimme klang besorgt. Ruhne und Sven nickten. Einige Sekunden gönnten sie sich noch als Verschnaufpause, dann folgten sie dem Freund.

Tims Puls raste. Sein Herz klopfte wie verrückt. Eigentlich hätte er eine längere Pause gebraucht, um sich von den Anstrengungen unter Wasser zu erholen. Doch Tim hörte nicht auf die Warnsignale seines Körpers. In seinem Kopf kreisten die Gedanken um den möglichen Schatz, den er jetzt heben musste. Er sah schon die bewundernden Blicke von Botel und dem Fuchsgesicht, wenn er denen den Schatz präsentieren würde.

Irgendwie verschwammen die einzelnen Gedanken ineinander und Tim musste innerlich kichern. Er spürte so kurz vor dem Erfolg keine Anstrengung. Er fühlte sich wie im Rausch, als sei er zehnmal hintereinander Achterbahn gefahren. Und er war bärenstark.

Ohne die notwendige Vorsicht, nur den möglichen Erfolg vor Augen, tauchte Tim in den Rumpf des Schiffes. Mit dem Lichtkegel seiner Taschenlampe tastete er die Wände und den Boden ab. Tim bemerkte dabei nicht, dass in diesem Moment die Tür hinter ihm zufiel. Er suchte seinen Schatz.

Die Dunkelheit im Schiffsrumpf wich auf einmal einer glitzernden Helligkeit. An den Wänden funkelten scheinbar Tausende und aber Tausende von Edelsteinen. Güldene Pokale rollten auf den Schiffsplanken, und so sehr sich Tim auch bemühte, eins dieser Gefäße zu greifen, es gelang ihm nicht. Wie von Geisterhand gezogen, schnellten sie immer dann weg, wenn er die Hand nach ihnen ausstreckte.

In Tims Kopf herrschte in diesem Moment völliges Chaos. Die Wünsche und Phantasien lenkten sein Denken. Der Mantel der nahenden Ohnmacht hüllte den Jungen angenehm wohlig und um so gefährlicher ein. Plötzlich strich Tim sich mit der Hand über den linken Oberschenkel. Das Wasser um ihn herum wurde immer trüber. Das, was Tim für die purpurne Farbe eines köstlichen Getränks hielt, war nichts anderes als Blut, Tims Blut, das im Ostseewasser zerfloß. Tim hatte sich am linken Oberschenkel eine tiefe Fleischwunde zugezogen. Doch er spürte keinen Schmerz. In diesem Moment fiel die eben noch vorhandene Glitzerwelt mit ihrer scheinbaren Helligkeit in sich zusammen. Völlige Dunkelheit herrschte. Für Tim war es die Dunkelheit der Ohnmacht.

Tim
braucht Hilfe

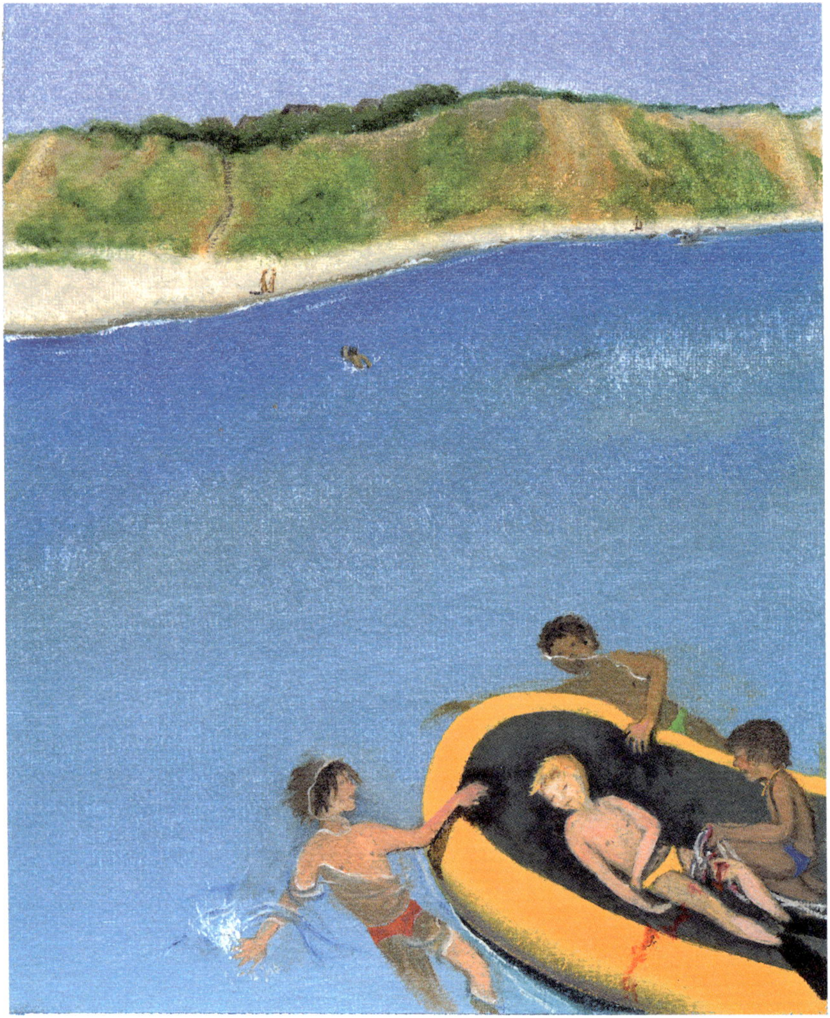

Ruhne und Sven tauchten nur einen Moment später als Tim ab. Mit Entsetzen registrierten sie das Zuschlagen der Bodenluke, nachdem Tim im Dunkeln des Schiffsrumpfes verschwunden war.

Was sollten sie tun? Wie konnten sie dem Freund, der sich in Lebensgefahr befand, helfen?

Verzweiflung sprach aus den Blicken der beiden Jungen. Doch sie mussten handeln, schnell handeln. Jede Sekunde, die sie zögerten, konnte Tim das Leben kosten.

Mit den bloßen Händen versuchten die Jungen, die Bodenluke wieder zu öffnen. Während ihrer Bemühungen achteten sie nicht darauf, dass die Fingernägel wie Glas abbrachen, und sie bemerkten auch nicht, dass sie an den Händen bluteten.

Schnell mussten Ruhne und Sven einsehen, dass sie mit bloßen Händen nicht weiterkommen würden.

Mit einer knappen Handbewegung deutete Ruhne dem Freund an, ihm nach oben zu folgen.

Dieser verstand sofort und schnellte hinter Ruhne an die

Wasseroberfläche. Ohne ein Wort der Erklärung zu den Mädchen griff Ruhne nach der Eisenstange und war schon wieder unter Wasser verschwunden.

„Wo ist Tim? Wo ist Tim?" hallte die besorgte Stimme Pfännchens nach, als Ruhne schon längst wieder auf dem Weg zum Wrack war.

'Hoffentlich hält Tim durch!' dachte Ruhne, während er sich beeilte.

Bis jetzt bestand immer noch die Möglichkeit, dass sie Tim da unten wohlbehalten rausholten. 'Wenn ich jetzt noch die Tür aufbekomme. Bitte, bitte!' Ruhne hebelte mit einem einzigen gezielten Stoß die Tür aus dem Rahmen, in den diese durch die Unruhe unter Wasser gefallen war. Sven, der daran gedacht hatte, eine Lampe mit nach unten zu nehmen, leuchtete in das Innere des Rumpfes, während Ruhne mit zwei kräftigen Armzügen durch die geöffnete Tür hindurchtauchte.

Sofort sah er Tim, der mit seltsam verdrehten Augen und einem gespenstisch wirkenden Lächeln im trüben Wasser trieb.

'Komm, halte durch', flehte Ruhne und fasste den Freund

mit kräftigem Griff um den Körper. Mit Svens Hilfe zogen sie den bewußtlosen Jungen aus dem Wrack und an die Wasseroberfläche.

Als Pfännchen und Locke Tim so sahen, schlugen sie entsetzt die Hände vor die Augen.

„Er ist tot, er ist tot", kreischte Locke los. Pfännchen, die genauso bestürzt wie die Freundin war, reagierte besonnener. „Los, raus aus dem Boot." Sie stieß Locke aus dem schwankenden Schlauchboot und sprang selbst ins Wasser.

„Wir müssen das Boot drehen, damit wir Tim auf eine glatte Oberfläche legen können. Beeilt euch, los, los."

Ruhne und Sven schoben Tim mit einiger Mühe auf das umgedrehte Boot.

„Wir brauchen Hilfe, alleine schaffen wir es nicht." Svens Worte klangen ängstlich.

„Du musst unter das Boot, damit wir Tim das Wasser aus den Lungen pressen können. Da musst du das Gegengewicht halten."

In Sekundenschnelle war Sven unter dem Boot verschwunden und Pfännchen krabbelte mit Hilfe von Ruhne eilig auf den Bootsboden. Während Pfännchen sich um Tim kümmerte und dafür sorgte, dass dieser sich nach wenigen Sekunden aufbäumte, prustete und hustete, dabei das geschluckte Wasser aus dem Körper würgte, rief Locke in ihrer Verzweiflung um Hilfe.

Botel und seine Freunde, die in einiger Entfernung im Wasser Ball spielten, schauten erst verwundert, bemerkten jedoch sehr rasch, dass sie wirklich gebraucht wurden.

Als sie völlig außer Atem das Schlauchboot erreicht hatten, sahen sie noch gerade, wie Tim erneut ohnmächtig wurde.

„Zum Glück atmet er", schniefte Pfännchen und schilderte Botel und den anderen kurz das Vorgefallene.

„Ihr müßt uns helfen, bitte. Tim muss sofort ins Krankenhaus." Locke war den Tränen nahe.

„Das ist gar keine Frage. Frank, du schwimmst, was das Zeug hält, ans Ufer. In der braunen Tasche liegt das Handy von meinem Vater. Ruf einen Krankenwagen. Aber beeil dich!"

Botel klatschte das Fuchsgesicht ab. „Er ist unser bester Schwimmer", erklärte Botel und zog Ruhne am Arm zu sich.

„Wir müssen Tim vorsichtig auf dem Boot zum Strand zie-

hen. Hat er denn noch irgendwelche äußeren Verletzungen?"
„Ich habe eine Wunde am Oberschenkel gesehen", mischte sich Locke ein und versuchte, das Boot zu drehen.
„Hier, ich seh' sie auch." Ruhne winkte die anderen zu sich.
„Ach, das sieht gar nicht gut aus." Pfännchen runzelte die Stirn.
„Er verliert noch immer Blut. Vielleicht ist er aus diesem Grund wieder ohnmächtig geworden?" Sven schaute wie versteinert auf die klaffende und immer noch blutende Fleischwunde an Tims linkem Oberschenkel.
„Wir müssen das Bein abbinden. Habt ihr irgendetwas dafür? Einen Gürtel oder so etwas Ähnliches?" rief Botel hastig, als auch er die Wunde entdeckt hatte.
„Hier nimm das Seil." Sven beeilte sich, die immer noch um seinen Bauch befestigte Sicherungsleine zu entknoten.
„Mach doch schneller, Sven", bat Pfännchen mit flehenden Augen.
„Ja, ja, meine Finger sind ganz steif", entschuldigte sich dieser, denn es bereitete ihm sichtbar Mühe, den Knoten zu öffnen.
In der Zwischenzeit war Rocky Sven zur Hilfe geeilt. „Zeig mal

her", nahm er das Hindernis in Augenschein.

„Das sollte zu machen sein." Mit Hilfe seiner Zähne konnte Rocky das festgezurrte Seil entknoten und reichte Botel rasch das eine Ende.

„Okay, das haben wir gleich. Das Seil ist zwar viel zu lang, aber ein Messer hat wohl keiner von euch zufällig zur Hand." Mit einem kurzen Blick vergewisserte sich Botel, dass er recht hatte mit dieser Einschätzung. „Leider", zuckte Locke entschuldigend die Schulter.

„Macht nichts, das geht auch so."

Botel zog das eine Ende des Seils in doppelter Lage oberhalb der scheußlich anzusehenden Wunde unter Tims Bein durch und führte einen Teil des Stricks durch die so entstandene Schlaufe. Dann zog er die Schlaufe zu und die Beobachter konnten sehen, wie sich das Seil in den Muskel des Jungen drehte.

„Wir müssen den Zug straff halten." Botel übergab Rocky das Seilende.

„Und jetzt schön vorsichtig ans Ufer."

Ruhne und Botel schwammen, ohne sich abgesprochen zu

haben, links und rechts um das Schlauchboot, um es mit dem verletzten Tim drauf und Rocky, der mit versteinerter Miene das Seil straff hielt, zum Strand zu ziehen. Auf dem Rücken liegend, mit einer Hand an der Schlauchbootwand, mit der anderen kräftig und zugleich vorsichtig kraulend, zogen sie die Fracht Meter um Meter näher an Land.

Locke und Pfännchen versuchten ab und an, die Jungen zu unterstützen, indem sie das Schlauchboot von hinten schoben. Doch Botel war das gar nicht recht. Er befürchtete, dass Tim womöglich ins Wasser rutschen könnte.

„Lasst das, schont eure Kräfte. Wir machen das schon."

Auch Ruhne sah es lieber, dass die Mädchen sich vom Boot etwas fern hielten. Während das Boot mit dem schwerverletzten und immer noch bewusstlosen Tim nur langsam vorwärts kam, hatte das Fuchsgesicht schon den Strand erreicht.

Sven, der wie der Junge mit dem Ring im Ohr sowohl Ruhne als auch Botel zwischenzeitlich ablöste, beobachtete, wie Frank Bollermann, alias das Fuchsgesicht, zur Burg rannte. Mit einer Spur Bewunderung in der Stimme machte er die anderen auf den Jungen aufmerksam.

„Alle Achtung, euer Freund ist schon am Strand. Der ist ja wie der Teufel geschwommen."

„Ich habe es ja gesagt, er ist unser Schnellster." Als auch Botel kurz aufschaute, sah er Frank mit dem Handy am Ohr.

'Hoffentlich beeilen die sich'. Botel drückte in Gedanken die Daumen. Wie den anderen war auch ihm der Ernst der Situation klar. Er versuchte ganz ruhig zu bleiben, so wirkte er nach außen cool und abgeklärt. Doch in ihm brodelte es: Wie sollte es weitergehen, wenn sie den Strand erreicht hatten? Was sollten sie tun, wenn noch kein Krankenfahrzeug eingetroffen war? Was, wenn Tim plötzlich zu atmen aufhörte?

Botel gelang es nur mit Mühe, die Gedanken zu ordnen.

Wie eine Maschine, die keine Erschöpfung kennt, zog Botel mit unverminderter Kraft das Schlauchboot in Richtung Strand. Während Ruhne, je näher sie ans Ufer kamen, um so häufiger von Sven und dem Jungen mit dem Ring im Ohr abgelöst wurde, verzichtete Botel ein um das andere Mal auf eine solche Erholungspause.

Wohlwollend bemerkten auch die Mädchen die Anstrengung des Jungen.

Mehr als fünfundzwanzig Minuten brauchten die Kinder, um das Boot mit dem verletzten Tim ans Ufer zu ziehen.

Als es den Jungen nicht mehr möglich war, schwimmend vorwärts zu kommen, beschlossen Ruhne und Botel, den Verletzten die restlichen Meter zu tragen.

Erschöpft, aber froh, den Strand erreicht zu haben, taumelten die beiden Jungen mit Tim auf ihren schmerzenden Armen an Land.

Das Fuchsgesicht kam den beiden entgegengestürzt und löste den völlig erschöpften Ruhne ab.

„Sie sind schon unterwegs", kündigte Frank Bollermann das bestellte Krankenfahrzeug an. „Vielleicht noch fünf Minuten", ergänzte er, als er Ruhne zu Boden sinken sah.

„Nur einen Moment, einen kurzen Moment", keuchte Ruhne. Er hatte die Augen geschlossen und bebte wie im Fieber.

„Lasst ihn hier runter. Vorsichtig, ganz vorsichtig." Pfännchen hatte eine Stelle am Strand ausgesucht, die frei von größeren Steinen war.

„Ja, ganz langsam, ganz langsam."

Das Fuchsgesicht und Botel legten Tim behutsam auf den immer noch feuchten Sand. Botel suchte mit den Fingern seiner rechten Hand nach dem Puls des Verletzten.

„Und?" Lockes Augen verrieten Angst. „Lebt er noch?" stammelte sie, als Botel nicht gleich antwortete.

„Ja doch, ich kann den Puls fühlen. Etwas schwach, doch ich kann ihn fühlen", raunte der Junge.

„Aber das Bein, wie sieht bloß sein Bein aus?" Locke war im Sand etwas weiter nach unten gerutscht und starrte bestürzt auf das linke Bein von Tim.

Dieses färbte sich an einigen Stellen blau, während der überwiegende Teil der sichtbaren Haut weiß wie eine Kalkwand war.

„Mein Gott, das Bein stirbt ab", auch Sven war erschrocken.

„Wir haben doch die Blutzufuhr gedrosselt." Botel versuchte, die anderen zu beruhigen. Aber ganz geheuer war ihm die Angelegenheit auch nicht. „Vielleicht müssen wir den Zug etwas lockern?" sah er Rocky, der immer noch das Seil unter Spannung hielt, von der Seite an.

Dieser zuckte ratlos die Schulter: „Soll ich?"

In diesem Moment ertönte das Signal des Rettungswagens

oben vom Steilufer. Erleichtert sahen sich die Kinder an.

„Hol sie her, Frank, sie sollen sich beeilen", flehte Locke. Das Fuchsgesicht ließ sich nicht lange bitten. In Windeseile war er aufgesprungen und lief in Richtung der Holztreppe.

Wenige Minuten später lag Tim im Rettungswagen, der sich ohne Verzögerung auf den Weg ins vierzig Kilometer entfernte Klinikum machte.

Noch am selben Abend wurde Tims Wunde versorgt und mit zwölf Stichen genäht.

Gegen ein Uhr in der Nacht kam er wieder zu Bewusstsein. Seine ersten Worte hörten sich wie „Friedhof, Friedhof" an, berichtete die Sitzwache dem diensthabenden Arzt. Dieser konnte damit jedoch nichts anfangen. Er notierte allerdings vorsichtshalber die Worte in Tims Krankenakte.

Pfännchen, Locke, Ruhne und die anderen Jungen berichteten Tims bestürzten Großeltern von dem schrecklichen Unfall.

Am nächsten Tag organisierten die Kinder einen gemeinsamen Besuch ins Klinikum.

Fünf Minuten gab die erstaunte Stationsschwester der jugendlichen Abordnung. Tim strahlte, als er Pfännchen, Locke, Ruhne, Sven, Botel, Rocky, das Fuchsgesicht und den mit dem Ring im Ohr durch die Krankenzimmertür kommen sah.

Auch die Großeltern, die zu Besuch waren, schienen gerührt.

„Hier, das ist für dich." Pfännchen schob eine Schachtel mit Pfefferminzdragees auf die blütenweiße Bettdecke.

„Das auch." Sven legte die neueste Ausgabe der Sportzeitschrift dazu. „Kopf hoch", murmelte er und jeder konnte sehen, dass ihm die ganze Angelegenheit nicht sehr angenehm war.

„Bitte, von uns." Botel lächelte freundlich, als er Tim ein verschnürtes Päckchen reichte. Das Fuchsgesicht, Rocky und der mit dem Ring im Ohr nickten beflissen.

„Ohne sie hätten wir es nicht geschafft." Locke zwängte sich zwischen den Jungen vorbei an das Krankenbett. „Botel und seine Freunde waren einfach Klasse", sprudelte es aus ihr heraus. Dabei verschluckte sie sich und Pfännchen musste der Freundin einige klatschende Schläge auf den Rücken geben, damit diese wieder unbeschwert Luft holen konnte.

„Locke hat recht", murmelte Pfännchen und nahm sich ein Pfefferminzdragee aus der Schachtel, die sie vor einem Augenblick Tim geschenkt hatte.

Dieser wischte sich verlegen mit dem weiten Ärmel seines Nachthemds über das Gesicht. Seine Augen glänzten, als er zuerst Botel ansah, dann sein Blick den der anderen suchte. „Danke", flüsterte Tim tonlos. Eine Träne glitzerte in seinen Wimpern und rollte kurz darauf die Wange runter. „Danke."

In diesem Moment herrschte in dem kleinen Krankenzimmer absolute Stille. Keines der Kinder wusste so recht, was es sagen sollte. Alle waren sie froh, dass die Sache gestern letztlich ja noch glimpflich abgelaufen war. Sie freuten sich, Tim ziemlich wohlbehalten, wenn auch mit einigen Fäden im linken Oberschenkel und noch ziemlich blasser Gesichtsfarbe, wiederzusehen.

Plötzlich wurde diese Stille durch ein blechern klingendes Schniefen und Schnauben gestört. Der Großvater, der aus dem Fenster in den Innenhof des Klinikums sah, schneuzte sich umständlich die Nase.

Als ahnte er, dass in diesem Moment alle Augen in dem Zimmer auf ihn gerichtet waren, zuckte er wie zur Entschuldigung die Schulter.

Aus war es mit der Stille. Plötzlich redeten alle durcheinander. Sven wollte wissen, ob Tim während seiner Ohnmacht etwas wahrgenommen habe. Locke schilderte ausführlich den Anteil von Botel und dessen Freunden an der Rettungsaktion und Pfännchen versuchte flüsternd rauszubekommen, ob Tim womöglich etwas im Wrackinnersten entdeckt habe.

Dieser konnte sich jedoch an gar nichts erinnern, zum Bedauern des Mädchens.

Selbst Frank Bollermann hatte Tim etwas mitzuteilen.

Keiner der Besucher bemerkte, dass sich in der Zwischenzeit die Krankenzimmertür geöffnet hatte und die Stationsschwester in ihrem sauberen Kittel und der blauen, aufgesteckten Haube mit ernstem und dabei vorwurfsvollem Gesicht in das Zimmer getreten war.

Zwei Minuten später standen die Großeltern von Tim und die Kinder draußen vor dem Gebäude. Sie diskutierten noch lange über das gestrige Unglück und waren sich einig, dass

Tim ganz gut drauf war.

„Das hätte auch schlimmer ausgehen können", seufzte Locke und polierte die bunt lackierten Fingernägel.

„Hätte, hätte, es ist, wie es ist. Wir sollten froh darüber sein", fuhr ihr Pfännchen in die Parade.

„Ich meine ja nur." Locke lächelte verlegen und suchte mit ihren Augen Hilfe bei Botel.

Der jedoch unterhielt sich mit dem Großvater und Ruhne. Der Großvater wollte alles ganz genau wissen, wie sie das Wrack gefunden hatten, wo es liege, wie tief, welche Maße es habe. Ruhne stand Rede und Antwort, keine Geheimnisse sollte es mehr geben. Botel hatte schon gestern Abend fast alles über das Wrack erfahren, trotzdem hörte er aufmerksam zu und stellte die eine oder andere Frage.

Der Großvater nahm den Jungen das Versprechen ab, dass sie nichts mehr auf eigene Faust unternähmen. Noch unter dem Eindruck des gestrigen Unglücks fiel den Kindern an diesem Tag ein solches Versprechen nicht sonderlich schwer.

Nur Pfännchen nickte etwas sehr bemüht.

Während Tims Großeltern sich auf den Weg nach Behrenshoop machten, beschlossen die Kinder, den Aufenthalt in der Stadt zu nutzen. Sie wollten sich in den Geschäften umsehen. Bis zur Abfahrt hatten sie noch mehr als zwei Stunden Zeit. Die sollten eigentlich reichen, um das große Sportgeschäft und auch die Buchhandlung der Stadt zu besuchen. Tim indes lag in seinem Krankenbett und starrte an die Wand. Die Krankenschwester hatte ihm die Bettdecke aufgeschüttelt und zum wiederholten Male gesagt, dass er noch ziemlich schwach sei und Ruhe brauche.

'Was die nur hat'. dachte Tim, denn er fühlte sich überhaupt nicht schwach und am liebsten wäre er sowieso mit den anderen gegangen.

In Gedanken zogen die letzten Bilder, wie er unter Wasser auf das Wrack zuschwamm, immer und immer wieder vorbei. Doch das war es auch schon. Seine Erinnerung setzte erst viel später ein. Da lag er schon hier im Krankenbett.

„Zu dumm", brubbelte Tim. Natürlich hättte er zu gern gewußt, was dort unten im Wrack passiert war und ob es etwas zu entdecken gab.

Tim drehte sich auf die Seite. Es war ziemlich ungewohnt,

den Tag über im Bett zu liegen und dann noch mit verbundenem Bein, das ihn bei allen Bewegungen behinderte. Doch jetzt drückte auch noch der rechte Oberschenkel. Tim wunderte sich. Er schlug die Zudecke zurück und sah das kleine Päckchen, das ihm Botel überreicht hatte. Er hatte das Päckchen gar nicht weiter beachtet und so war es auf die Matratze gerutscht.

Tim nahm den verschnürten Karton und betrachtete ihn. Was mochte da drin sein? Er hielt das Päckchen ans Ohr und schüttelte es. Ganz geheuer war ihm nicht, dass ausgerechnet Botel ihm ein Geschenk mitgebracht hatte. Tim musste sich erst an die neue Lage gewöhnen. Es fiel ihm nicht so leicht wie Locke oder Ruhne, Botel und die anderen von heute auf morgen zu akzeptieren. Doch irgendwie hegte er auch keinen Groll mehr gegen die Burgbesetzer und Matchgewinner. Der war verpufft, verraucht, einfach weg.

Tim knüpfte bedächtig das Band auf, das mehrfach um das Päckchen gewickelt war. Dann hob er den Deckel einige Millimeter an und schielte durch den Spalt ins Innere. Er sah weißes Pergamentpapier. 'Die wollen mich verarschen!'

Entschlossen riss Tim mit einem Ruck das Papier aus dem Päckchen. In dem Papier war ein kleines Büchlein eingewickelt. Tim schien erleichtert. 'Was hast du erwartet?' fragte er sich selbst.

Er nahm das glänzende und schon etwas abgegriffene Büchlein aus dem Papier und betrachtete es.

„Ein Team" stand dort in großen schwarzen Buchstaben auf rotem Hintergrund. Etwas weiter unten las Tim: „Das kleine Einmaleins für das erfolgreiche Volleyballspiel."

Tim musste schlucken. Vorsichtig blätterte er das Büchlein auf. In kleiner, kantig wirkender Schrift waren einige Worte auf die erste Seite gekritzelt. „Wollen wir ein Team sein?" las Tim laut mit stockender Stimme. Unterschrieben hatten Botel und seine Freunde.

Der Junge schlug das Büchlein wieder zu und legte es behutsam auf den schon reichlich vollgestellten Nachttisch. Eine angenehme Wärme durchströmte ihn in diesem Augenblick. Tim schloss die Augen und fiel in einen tiefen, traumlosen Schlaf.

Tims Großvater nahm die Bergung des Wracks selbst in die Hand. Er forderte Berufstaucher an, die schon wenige Tage später auf dem Meeresboden das Schiff untersuchten.

Zum Bedauern der Kinder entdeckten die Taucher jedoch weder Gold, Edelsteine noch alkoholische Antiquitäten in dem Bauch des Schiffes, das auch nicht so alt war, wie die Kinder es vermutet hatten.

Wenn sie auch keinen Schatz fanden, den sie zu Geld hätten machen können, so doch etwas viel Wertvolleres. Etwas, das mit keinem Geld dieser Welt aufzuwiegen ist. Sie wurden Freunde.

Die letzten Ferientage verbrachten Pfännchen, Locke, Ruhne, Sven und Botel, Rocky, Frank Bollermann und der mit dem Ring im Ohr, soweit das Wetter es zuließ, meist gemeinsam in der Burg am Strand und abends im Dorf oder am Hafen.

Besonders groß war die Freude, als Tim aus dem Krankenhaus entlassen wurde. Zwar konnte er noch nicht mit Volleyball spielen, allerdings ließ er es sich nicht nehmen, im Wechsel mit dem Professor die Spiele der Kinder zu pfeifen.

Viel zu rasch vergingen für alle Beteiligten diese Ferien. Als Tim zur Abreise seinen Koffer packte, legte er das kleine Büchlein von Botel und den anderen oben auf. Wenn es auch galt, für dieses Mal Abschied zu nehmen, Abschied von der Ostsee, den Großeltern, von seinen alten und neuen Freunden, so wußte Tim auch, dass er wiederkommen würde.

„Behrenshoop wartet auf dich", flüsterte der Großvater Tim zum Abschied ins Ohr und steckte dem Enkel etwas Knisterndes in die Jackentasche. Dann verschwand der alte Mann in seinem alten Haus, ohne sich ein einziges Mal umzusehen.

Über Tims Gesicht huschte ein flüchtiges Lächeln. Plötzlich hatte er es eilig, dieses wunderbare Fleckchen Erde zwischen Ostsee und Bodden hinter sich zu lassen. In seinem Hals saß ein Kloß so groß wie ein Taubenei. Entschlossen fasste Tim nach dem ledernen Griff seines Koffers. „Tschüß", brachte er gerade noch so heraus, dann machte er sich auf den Weg zur Bushaltestelle.